RÊV'ERRANCES VERBALES

Recueil

Damien KHERES

RÊV'ERRANCES VERBALES
(Retour des Ab'Errances Verbales)

Recueil

Éditions BOD

©2019 Damien Khérès
Éditeur : BoD-Books on Demand,
12/14 rond point des Champs Élysées, 75008 Paris, France
Impression : BoD-Books on Demand, Norderstedt, Allemagne
Dépôt légal : mars 2019
ISBN : 978-2-322-12702-3

Couverture : Happy_services

À ceux qui ont trouvé,
Et à ceux qui cherchent encore...

Aux âmes citoyennes,
Formez vos jeux de mots,
Marchons, marchons,
Qu'un sens profond arpente nos sillons !

" Ne prenez pas la vie trop au sérieux. Vous n'en sortirez jamais vivant. "

                                        Elbert Hubbard

"On se prend souvent pour quelqu'un, alors qu'au fond, on est plusieurs."

                                        Raymond Devos

Préface

Avant toute chose, et plus précisément avant que je ne fasse ce livre, a germé l'idée qu'il fallait que je pré-fasse mon livre avec ce texte afin de pré-parer le lecteur à affronter la lecture de son contenu.

La préface est ce qui précède la face et comme il ne faut pas se voiler la face, permettez que je vous la dévoile.

Mes Rêv'Errances Verbales sont dans la continuité de mes Ab'Errances Verbales, pour votre plus grand plaisir.

Sur ce, puissiez-vous vous délecter de votre lecture car un lecteur qui se délecte est toujours plus appréciable qu'un écrivain qui se décrit.

Préambule

Il m'arrive de rêver les yeux ouverts. J'ai fait un rêve errant où les mots marchaient. Les mots marchaient et traînaient leurs lettres sans savoir où aller. Il leur fallait un sens. Mais quel est le sens des mots ? Il est multiple alors les mots erraient. Comme mon rêve. Il revenait me voir le jour et les nuits où je ne dormais pas et me faisait voir ses errances verbales, cherchant un sens aux mots. C'est ainsi que je guidais les lettres pour former les mots et donner un sens aux mots, parfois plusieurs. Et c'est au pied de la lettre que je me rendais compte de la grandeur et de la puissance des mots devant lesquels je faisais alors révérence.

Le rêve errant donne mon inspiration et l'inspiration est ce que rêver rend. La boucle est bouclée et je la déboucle ici à nouveau par ces errances verbales en quête de sens.

SOMMAIRE

À ciel ouvert..21
L'essence des lettres....................................25
Enchères et en os 30
Bête comme s'épier......................................36
Réveille-toi..38
Panique au poulailler 41
L'heure de vérité..46
L'Évidence..49
Des astres pour le bonheur........................53
Le temps des fils où chacun sa corde 57
Tu sais Petit..62
La communication a ni mal, ni bien, et pourtant......64
L'envolée 68
De gêné à logique 70
Vol au-dessus d'un nid de problèmes.......73
Au fond la forme 78
En mode vibreur..80
Des chiffres et moi !....................................84
L'homme au masque de vers 87
Le sens de la vie 88
Le hasard fait bien les choses 90

Mot d'esprit es-tu là ?..93
À livres perchés (acrostiches)..............................96
L'enfer du jeu...98
Scène de ménage 100
À chacun son fardeau..104
Un esprit libre..107
Le prix du silence...110
Un moment d'égarement......................................113
À coup de rêves..116

À ciel ouvert

Je garde toujours ce précepte en tête : « Aide-toi et le ciel t'aidera ». Et c'est vrai, j'essaye de m'en souvenir constamment car si je veux que ça aille bien, cela ne dépend que de moi. La vie ne peut pas être sans nuages mais lorsqu'on remue ciel et terre et qu'on ouvre les cieux, on peut finir par se retrouver sur un petit nuage. Encore faut-il ne pas avoir froid aux cieux car là-haut il fait plutôt frais.

On pourrait alors se dire que je cherche à atteindre le septième ciel. Mais non, sans façon, ni avec d'ailleurs, le septième ciel ne m'intéresse pas, ni le premier, ni ceux d'après. Je veux atteindre ce qu'il y a de plus important, je veux atteindre les cents ciels, enfin, les cieux. Objectif beaucoup plus ambi-cieux. Car, même si je ne suis pas très appliqué, je suis persuadé que je peux être con sans cieux.

Ceci dit, je sais que je suis proche puisqu'on a toujours dit de moi que j'étais précieux. Je tourne en rond mais c'est plutôt bon signe car ce qui fait tourner rond c'est bien l'essieu non ? Alors mesdames et mes cieux, aidez-moi à m'en approcher sinon je n'aurai les cieux que pour pleurer et il pleuvra des larmes de crocodile. Bon, en même temps, j'avoue que j'ai parfois la tête dans les nuages, mais c'est qu'après tout je ne dois pas être si loin du but.

À ce propos, j'ai connu une femme qui s'envoyait très souvent en l'air, une hôtesse du ciel. Elle avait beau effleurer les nuages tout le temps, elle n'a jamais trouvé les cieux, ou alors elle n'y a vu que du mauvais. C'est souvent le cas quand il y a de la merde dans les cieux. Elle volait régulièrement avec des types ingrats, des goujats et quand on s'aère-aux-porcs, l'air de rien, ce n'est pas de cette façon qu'on se cons-truie. Et croyez-moi, ces propos n'ont rien de cochon.

Bref, tout ça pour vous dire que tout ne tombe pas du ciel et qu'il faut aller chercher ce qu'on désire même si ça parait hors d'atteinte et trop haut, ou aveuglé selon si on regarde vers le soleil.
Quoique, parfois on est aidé.

Par exemple, l'autre jour j'ai eu beaucoup de chance. Comme il pleuvait des cordes, j'en ai profité pour en emprunter une et je suis grimpé. En passant entre les gouttes bien entendu, pour éviter de tomber. Et tout en haut, vous ne devinerez jamais ce que j'ai vu.
Une vache !

Je m'attendais plutôt à voir un vieux barbu dans une toge blanche, un éclair à la main, mais non, une vache.

Après tout, je me disais bien qu'il pleuvait comme vache qui pisse.

Ne voulant pas s'attirer ses foudres, je la caresse dans le sens du poil, c'est-à-dire de la tête jusqu'à la croupe. Visiblement ici, c'est elle qui fait la pluie et le beau temps alors au-temps se la mettre dans la poche. Et comme je n'ai pas ma langue dans la poche, je lui lance quelques compliments bien léchés.

Et là, j'ai bien senti que je gênais. Probablement parce que ce n'est pas de cette façon qu'on doit la traiter cette vache. Mais je n'y connais rien moi en vache divine, même si parfois on trouve que je peux être vache, surtout quand je mamelle de choses qui ne me regardent pas.

J'essaye de détendre l'atmosphère, ce qui est plutôt une bonne idée à cette altitude, mais la situation va de mal en pis. Je ne suis pas à ma place et j'ai l'impression que je dois le payer. Telle une vache enragée, elle me jette des éclairs avec ses yeux et m'explique sèchement qu'il faut que je parte. Oui c'est bien connu, quand on a l'orage dedans, on lâche souvent des phrases incisives.

Déçu, et au lieu de ruminer, je me mets en tête de reprendre le chemin du retour, la queue entre les jambes. La pluie s'étant arrêtée de tomber, je ne peux plus redescendre par là où je suis monté. Alors je

saute, en criant « Mort aux vaches ! » dans un acte de rébellion anti-divinité rabat-joie.
Et puis tout est devenu noir dans un bruit assourdissant.

À mon réveil, lorsque j'ai vu ma femme, j'ai compris que j'avais eu un coup de foudre. Et tout s'est bien terminé grâce au ciel.

Alors si toi aussi tu cherches à gravir les montagnes et toucher le ciel, méfie-toi. Car une fois que tu seras redescendu de ton petit nuage, si tu penses que Dieu est une vraie peau de vache, c'est uniquement pour que tu gardes les pieds sur terre.

L'essence des lettres

J'aime flâner dans les champs sémantiques, cueillir quelques mots pour en faire de jolis bouquets de phrases. Parfois, je m'assois dans le verbe, arrache une parenthèse que je garde entre les dents et je contemple cette étendue de mots à perte de vue. Je pense à tout ce que je pourrais en faire. Le sol est si riche, à n'en point douter, que tous les mots peuvent y pousser en abondance. J'imagine alors comment les assembler, les associer, les combiner de la meilleure façon qui soit, comme pour rendre hommage à cette nature généreuse et prolifique.

Lorsque je ramène ces bouquets de proses à la maison, je les mets bien en vue, agrémentés de quelques pensées, en essayant d'y prendre soin du mieux que je peux. Pour éviter qu'ils ne fanent, je les lis régulièrement, parfois à haute voix, sinon les lettres se flétrissent et finissent par tomber, majuscules comme minuscules, dans un brouillon de mot pourri.

Parfois, comme pour l'achever, il m'arrive d'en épeler, de détacher une à une les lettres d'un mot déjà agonisant : « je l'aime un peu, beaucoup, passionnément, à la folie, pas du tout », égrenant ainsi mon amour pour la langue.

Et justement, de voir ces phrases qui fanent et jamais ne renaissent, je me suis confronté à cette vision inéluctable et insupportable d'une langue morte.

Aux grands mots, les grands remèdes, je décidais désormais d'en extraire des huiles essentielles pour en garder éternellement le parfum des mots.

J'ai alors concocté des recettes que je suivais à la lettre, aux accents plus ou moins prononcés pour des notes aiguës ou graves.

Dans mes compositions, je jouais sur la pyramide olfactive en variant les mots de tête, plus volatils et qui vous viennent instantanément sans vous donner la migraine, les mots de cœur, ceux qui donnent leur caractère mais à doser avec précaution pour éviter les nausées, et les mots de fond car il n'y a pas que la forme qui compte.

Et je me suis finalement rendu compte que j'avais la faculté d'obtenir l'essence de lettres.

Après des mois d'étude et de travail acharné, j'avais fini par obtenir le Graal, une potion d'inspiration, celle qu'il vous faut quand les mots vous manquent, le remède au syndrome de la page blanche, cette angoisse qui terrasse tout auteur un moment ou un autre.

Et justement, je fournissais bientôt de nombreux auteurs en panne d'inspiration, les maisons d'édition se bousculaient devant chez moi pour cet élixir qui s'avérait très lucratif, assurément.

Pour la posologie, une goutte suffit, à mettre au milieu du front, au niveau du troisième œil, siège de la perception, à renouveler plusieurs jours voire plusieurs semaines, pour que l'inspiration s'installe et diffuse subtilement ses senteurs littéraires. Comme une hémorragie verbale où le mot régit le cérébral, les mots filent, parcourent le cerveau et distillent leur force créative. L'effet est quasi instantané puisque cela passe dans le sang jusque dans l'encrier sans que l'on puisse s'en faire un sang d'encre.

Bientôt, je croulais sous les commandes qui affluaient de toute part. Chacun voulait faire exprimer sa créativité. Mais seul je ne parvenais plus à répondre aux besoins et mes ressources en mots s'amenuisaient de jour en jour. Je ne pouvais décemment pas épuiser tous les champs lexicaux pour nourrir de futiles ambitions littéraires. Les mots étaient devenus une monnaie d'échange, vulgarisant leur véritable valeur et appauvrissant la langue car quoi de plus riche que des mots nés d'échanges.

Cette perspective ne me convenait pas, j'étais allé trop loin. Tous ces si beaux champs de mots qu'il me plaisait d'admirer étaient désormais menacés de disparaître. Il fallait que j'arrête, sur-le-champ, pour sauver les mots.

Mais c'était trop tard. On m'avait coupé le verbe sous le pied.

Tout le monde s'était donné le mot et chacun venait s'en servir. Les plus petits ramassaient tout ce qu'ils pouvaient aux bas mots, les plus costauds parvenaient à arracher quelques gros mots et les plus sensibles avaient droit à des mots doux qu'ils pouvaient caresser. Tout allait très vite, à se demander qui aurait le dernier mot.

Alors pendant que chacun cherchait ses mots, je pris mon courage à deux mains, bien décidé à leur faire prendre le contre-pied. Mais ne sachant pas trop quoi leur dire pour me faire comprendre, moi aussi je cherchais mes mots. J'en pris alors une pleine poignée que j'avalai aussitôt. Ce que je dis ensuite fut spectaculaire : tout le monde s'immobilisa, m'écouta, certains avec des mots encore plein la bouche, et plus personne ne revint plus jamais ramasser de mots. C'était fini. C'est parfois ce qui arrive quand on ne mâche pas ses mots, et quand certains restent en travers de la gorge, on a forcément plus de mal à les digérer. Quant à ceux qui sortent, ils sont libérateurs.

Les mots resteront toujours plus forts que les armes même si avoir le verbe haut n'évite pas toujours les coups bas (car les mots laids attirent les coups de pied). Des mots bien arrangés peuvent déranger. C'est pourquoi, je préfère aux contacts physiques des mots lestés de sens qui laissent à ceux qui m'ont molesté, des phrases bien plus blessantes et lourdes de sens. Ce n'est pas que je sois mou, mais les mots laissent des traces plus profondes que les hématomes. Sans mollir, des mots à lire sont capables de démolir sans laisser mot dire et maudit les médisants pour leurs mots dits désormais monotones.

Sur ce, et pour nuancer, je pouvais maintenant retourner à mes mous tons : contempler paresseusement ces prairies de lettres aux reflets d'argent qui font mon bonheur et dont je ne ferai plus commerce. Comme un retour aux sources littéraires, sans quoi je serai complètement tari.

Damien Khérès

Enchères et en os

Aujourd'hui, tout s'achète et tout se vend. Nous sommes en plein dans l'ère de la consommation sans avoir l'air de consommer. Profitant de cet élan, je cours et me rends au marché tenir mon stand, à la rencontre de ceux qui marchent et qui se rendent aux courses.

Une passante s'approche et voyant mon étal vide m'interroge :

— Qu'est-ce que vous vendez ? Je ne vois rien.

— Ah pourtant je vends ce que vous avez sous les yeux, je me vends moi.

— Ah, et je ne vois pas le prix. Vous valez combien ?

— C'est au plus offrant. Vous par exemple, vous mettriez combien ?

— Je ne sais pas moi mais vous me semblez être un homme de valeur. Il faudrait que je puisse vous prendre à l'essai et je pourrai ainsi m'en faire une idée plus précise.

— Essayer c'est m'adopter. Ceci dit et avant toute chose, je vous prie de me donner votre prix sans quoi je ne me laisserai pas être pris.

— J'ai compris. Mais pourriez-vous être échangé ? Car je ne suis pas sûr que vous me soyez utile.

— Vous voudriez m'échanger contre un autre ? Je ne suis pas une monnaie d'échange. Je ne suis pas tout neuf, certes, mais je suis une belle occasion.

— Dans ce cas, si jamais je ne suis pas satisfaite et que je ne peux pas vous échanger, accepteriez-vous de vous reprendre ?

— Ce serait une occasion de me racheter.

Trop indécise, l'intéressée abandonne finalement l'idée de m'acquérir. Plus aucun badaud ne s'est alors arrêté à mon stand, ni même jeté un petit coup d'œil à la marchandise.

Je commençais à me faire à l'idée que je n'étais pas une si bonne affaire. De toute façon et au pire, je n'aurais plus qu'à vendre mon corps à la science. Elle, au moins, en trouverait une utilité. Mais je préférais ne pas m'y résoudre.

Je décidai alors de me mettre aux enchères pour me vendre au prix juste. Me voilà donc aux enchères et en os devant une foule d'acheteurs potentiels. Ceux-ci me dévisagent et me jugent, me traitent d'homme corrompu, prêt à tout, qui ne s'intéresse qu'à l'argent.

C'est quand même un peu fort, on me traite de vendu avant même d'être acheté.

Du coup, jugé, je n'ai pas été adjugé par qui que ce soit. Personne ne semblait voir ma véritable valeur.

C'est ainsi que je choisis de me vendre en pièces détachées. Moi qui suis plutôt quelqu'un d'entier et qui n'aime pas trop s'éparpiller, j'ai pris sur moi, et des prix sur moi. J'ai organisé une vente au détail en espèces, une espèce de vente sans le choix des tailles, mais néanmoins une vente de choix d'une espèce qui ne fait pas dans le détail, enfin plutôt d'un spécimen rare appartenant à une espèce en voie d'extinction (en l'occurrence moi). Et théoriquement, tout ce qui est rare est cher et je devrais en faire profiter le plus grand nombre.

Je me suis coupé en quatre pour organiser cette vente et je suis maintenant fin prêt pour jouer les camelots dans une boutique éphémère.

Une première cliente, intéressée par mes doigts, me demande ma main. Je suis très touché :

— Si c'est une main que vous cherchez, je suis votre homme

— Elle est de bonne qualité ?

— C'est une première main, et je vous offre la deuxième en prime. Rassurez-vous, vous vous sentirez entre de bonnes mains.

— Merci mais je n'en ai besoin que d'une, c'est pour offrir.

Elle la soupèse et constate que j'ai la main lourde.

— Prenez-la dans votre sac. Cela ne me dérange pas d'être pris la main dedans. Si ça peut vous aider...

— J'hésite. Elle n'est pas en très bon état pour une remise en main propre.

— Et oui, elle a beaucoup servi.

À un doigt de conclure pour ma main, elle montre son intérêt soudain pour d'autres parties de mon corps :

— Et si je vous prenais votre pied aussi. Car moi je ne le prends plus depuis longtemps.

— Ça vous ferait une belle jambe c'est sûr. C'est à vous de voir, du moment que vous ne me prenez pas la tête.

— Non ça ne risque pas, je n'ai aucune envie de me payer votre tête. Même si parfois je perds un peu la mienne. Et pour les pieds, vous en demandez combien ?

— Ça dépend si vous prenez les jambes avec.

— Non juste les pieds merci. Et de toute façon, je ne pourrai pas transporter les jambes, ça m'encombrerait et je perdrais mon temps.

— Prenez-les à votre cou, vous gagnerez du temps.

— Sans façon merci, je ne suis pas sûre que ça vaille le coup. Par contre, j'aurai besoin de bras car je déménage bientôt.

— Désolé mais le droit est réservé. Un homme d'affaires est passé tout à l'heure, il cherchait un bras droit et m'en a offert un très bon prix.

— Ah, et combien ça m'en coûtera pour le gauche ?

— Il est un peu maladroit, je préfère vous prévenir.

— Combien ?
— Très cher, je le crains.
— Combien ?? Je n'ai pas bien entendu, désolée.
— Ah, si vous n'entendez pas bien je peux vous prêter une oreille.
— Non merci. Alors combien pour le gauche ?
— Un bras.
— Ah tant que ça ?!
— Et oui mais j'ai le bras long vous savez, alors du coup c'est plus cher. Et je ne fais rien à l'œil.
— Dommage, vous avez pourtant de beaux yeux.

Quant à celui qui voulait ma peau, j'ai préféré la sauver, il voulait en faire du cuir.

Au final, la vente s'est plutôt bien passée, quasiment toutes les parties de mon corps avaient été vendues. Heureusement, je n'ai pas perdu la tête et elle est encore sur mes épaules qui n'ont également pas trouvé preneur. Tout comme mon cœur, je n'ai pas pu, c'est trop personnel. Même si mon cœur est à prendre, il n'est pas à vendre !

C'est à ce moment-là que le diable se pointe et me demande si mon âme est à vendre, aucunement intéressé par ce qu'il restait de mon corps et cela ne le tentait pas trop. Je refuse mais il se montre insistant. Je n'ai pas le diable au corps mais sur mon âme, qu'il envie fortement de posséder. Je ne suis pas prêt à être possédé par le diable, c'est contre mes principes. Surtout que si je vends mon corps et que je le quitte, il faut bien que je garde mon âme, sinon comment voulez-vous que je retrouve un corps ? Pas de corps sans âme et mon âme je veux en prendre soin, l'affûter, car elle est fine l'âme quand elle est bien aiguisée. Je vends mon corps, pas mon âme, je ne me prostitue pas sur le bitume, mais allez savoir combien le mac a d'âmes….

Bref, le diable s'emporte et me vole mon âme.

Et voilà que Dieu vient s'en mêler. Le voyant, je n'ai désormais plus de crainte. Que Dieu ait mon âme, je lui fais totalement confiance. Il saura me retrouver un corps digne de ce nom. Nom de Dieu ! Alors Dieu, dans sa bonté, repousse le diable qui finit par rendre l'âme.

Avant de partir, Dieu me livre un conseil que je m'empresse de vous confier.

Je n'aurais pas dû vendre mon corps, ça n'attire rien de bon. Mais tant qu'il me reste toute ma tête et mon cœur, je devrais pouvoir élever mon âme afin qu'on ne me la prenne plus.

Damien Khérès

Bête comme s'épier

— Bon écoute, ça ne va pas. Qu'est-ce-qui se passe ? Tu passes ton temps à m'épier.
— ??? Que veux-tu que je fasse à tes pieds ?
— Ce n'est pas commun que tu en viennes à m'épier. Si c'est copier que tu cherches je peux en venir aux mains.
— Non, pas la peine et je te rassure je ne cherche pas à venir à tes pieds, ni à tes mains d'ailleurs, je ne vois pas ce que j'irai y faire. Jamais je ne m'abaisserai à cela, ce serait mauvais pour mon dos. Tu te crois supérieur au point de me voir à tes pieds ?
— Moi aussi j'en ai plein le dos de me sentir observé en permanence. Tu n'as d'yeux que pour moi. Si m'épier t'obsède, trouve-toi une autre victime. J'en ai par-dessus la jambe. Je sais que tu n'as pas encore trouvé chaussure à ton pied mais ce n'est pas une raison pour n'en vouloir qu'à m'épier. Tu es jalouse voilà tout !

— Moi, jalouse ?! Mes chaussures me vont très bien merci et je n'envie sûrement pas les tiennes. Je suis très bien dans mes baskets. Cessons ces insinuations, veux-tu ?

— Tu es lassée ?

— Non, plutôt scratch, regarde mes baskets, est-ce-que j'ai l'air d'être lacet ? Mais là n'est pas le problème, je préfère tes pieds dans tes chaussures et mes pieds dans les miennes.

— Ah ! Tu avoues !

— Avouer quoi ?

— M'épier.

— Quoi tes pieds ?

— Oui, mon œil !

— Oh écoute ça suffit, lâche moi les baskets, et pour ton œil tu peux te mettre le doigt dedans et moi je te laisse avec tes élucubrations. Tu devrais te faire surveiller, tu couves peut-être quelque chose….

— Et tu penses que ça empêchera de me sentir épié ?

— Non là je te conseille plutôt un podologue, surtout si l'odeur est tenace.

— Merci, je crois que je suis à côté de mes pompes. Je n'ai pas dû me lever du bon pied, désolé.

— De rien. Comme quoi un coup de pied peut parfois donner un coup de main.

Damien Khérès

Réveille-toi

Tu vis dans une grande maison
Avec tout le confort matériel
Tu es un de ceux dont la situation
Peut paraître exceptionnel

Tu peux te payer tout ce que tu désires
Car tu ne connaîtras jamais la crise
Pourtant chaque jour devient pire
Et sur la vie tu perds ton emprise

T'as bossé comme un fou et amassé des millions
Depuis tout petit tu as couru dans la même direction
Tu crois être conscient mais tu n'es pas réveillé
Tu sais ce que tu veux mais tu ne sais pas qui tu es

Alors tu te définis toujours en étalant ce que tu as fait
En espérant qu'un jour tu n'auras pas à te sentir vide
Aujourd'hui tu regardes en arrière sous le poids des regrets
Tandis que sur ton visage se creusent les rides

Rêv'Errances verbales

Tu as l'impression que tout ce que tu as est un énorme gâchis
Tu pensais savoir ce qu'il te manquait
Mais si tu n'a jamais réussi à combler ce trou dans ta vie
C'est que tu ne t'es jamais réveillé

Tu vis ta vie dans un rêve dont tu ne peux t'échapper
Car tu vis ta vie dans un coma où tu ne peux te réveiller
Et si tu ouvrais les yeux, tu comprendrais
Réveille-toi....

Tu te lèves le matin pour aller bosser
Avec ce goût amer dans la bouche
Tu te laisses doucement porté
Avec ces arrières pensées un peu louches

Tu ne vois pas de sens à ton existence
Tu te sens inutile par essence
Et si tu tentes de trouver la motivation
Tout n'est plus que confusion

Alors tu regardes autour de toi, comment les gens font
Pour beaucoup d'entre eux tu envies leur situation
Et tu accuses Dieu de ne pas faire son boulot
Car dans ta vie rien ne fonctionne comme il faut

Mais tu feras comme si tout allait bien derrière un masque sans fautes
Tu tâcheras de faire avec, même si ça te ronge

Damien Khérès

Même si ça développe chez toi un problème de confiance à l'autre
Cette peur qui te bouffera jusque dans tes songes

Tu as l'impression qu'à part des erreurs tu n'as rien accompli
Tu pensais pouvoir t'en accommoder
Mais si tu n'a jamais réussi à avancer dans ta vie
C'est que tu ne t'es jamais réveillé

Tu vis ta vie dans un rêve dont tu ne peux t'échapper
Car tu vis ta vie dans un coma où tu ne peux te réveiller
Et si tu ouvrais les yeux, tu comprendrais
Réveille-toi....

Panique au poulailler

L'histoire se passa au sein d'un poulailler où une trentaine de poules cohabitaient dans une atmosphère sereine et propice à la ponte. On y trouvait les meilleurs œufs de la région et en la matière les poules étaient devenues de véritables pontes. Leurs œufs valaient de l'or et grâce à cette prodigieuse source de revenus et sous les conseils de leur coq en chef, elles avaient transformé leur poulailler en un lieu de vie ultra moderne au confort incroyable.

Tout a basculé le jour où une poule disparut. Le coq y avait vu une occasion de plumer les poules, sans leur faire mal, aidé des renards avec qui il s'était acoquiné. Il s'était alors adressé aux poules dans un moment solennel et par un mensonge, il avait expliqué les raisons de la disparition de la poule : elle s'était faite dévorée par les renards. Mais à cette épouvantable nouvelle, le coq s'empressa de leur proposer son lot de consolation : pour se protéger des renards, une seule solution, une lotion révolutionnaire capable de repousser les prédateurs rusés. Afin d'éviter de se faire manger, il fallait s'asperger de cette lotion. Sans hésiter, les poules sautèrent sur l'occasion, qui se laissa faire, et se procurèrent leur lotion protectrice qui n'était autre que l'invention de cette nouvelle entreprise formée par les renards et le coq. Il était évident que cette lotion n'avait aucun effet sur quoi que ce soit.

Les affaires prospéraient.

Pour booster un peu plus les ventes, les renards rodaient de plus en plus près du poulailler et effrayaient ainsi les poules qui sentaient leur présence malgré les hautes palissades entourant le poulailler. Les renards jouaient les morts de faim espérant qu'on leur donne aussi la chair de poule, en apparence, car ils n'avaient plus besoin de chasser, leurs profits comblaient déjà tous leurs désirs. Pour les poules, il fallait qu'elles s'aspergent plus souvent, ce qui allait de pair avec leur peur grandissante. Elles ne se sentaient plus en sécurité et le coq, jouant aussi son rôle, pouvait les rassurer car il existait maintenant d'autres lotions, avec différents effets et différentes applications : des lotions pour ne plus entendre les renards la nuit, des lotions pour mieux gérer sa peur, des lotions pour dormir plus,... Tout pour se couper de la réalité illusoirement insupportable. L'offre avait évolué et la gamme s'était étoffée.

Les poules étaient très reconnaissantes envers le coq qui devenait celui qui contribue à l'amélioration de leurs conditions de vie et quand le coq s'adressait à sa basse-cour, il pouvait compter sur la loyauté de ses poules désormais pleines de dévotion à son égard.

Les renards quant à eux s'enrichissaient de plus en plus et ne manquaient pas de promettre un beau pactole à leur associé.

Mais les poules perturbées par leur insécurité faisaient de moins en moins d'œufs et financièrement avaient de plus en plus de mal à se fournir en lotions. Et leurs gains ne servaient plus qu'à ça. Tous leurs œufs allaient dans le même panier, celui destiné à l'achat de lotions. Le coq tentait de les motiver et voyait d'un mauvais œil cette baisse de fertilité qui était en train de tuer les poules aux œufs d'or.

Bientôt, les poules ne pondaient plus et n'eurent plus aucun revenu. Elles se retrouvèrent dans l'incapacité d'assurer leur propre protection. Le coq, dans sa plus pure bonté, commençait à leur proposer des prêts ou du moins des facilités de paiements, les enfonçant un peu plus dans leur situation de précarité forcée.

Mais un jour une poule s'interposa et fit face au coq. Toujours soucieuse des autres habitantes du poulailler, elle se faisait appelée la Mère Poule. Elle rappela ainsi au coq que ce n'était pas à lui de faire chanter les poules afin d'en obtenir leurs œufs car dans un poulailler c'est toujours le coq qui chante et la poule qui pond.

Comme quoi, il faut parfois se jeter à l'eau et on n'en devient pas pour autant une poule mouillée, bien au contraire. La Mère Poule fut acclamée et il y eu un grand engouement autour d'elle. Elle avait provoqué la petite étincelle de rébellion qui allait mettre fin à leur soumission. Elles renoncèrent aux lotions desquelles elles se rendirent compte être trop dépendantes. La transition fut difficile mais elles parvinrent peu à peu à retrouver leur liberté de penser.

Les renards ne vendant plus rien crevaient la dalle et finirent par manger le coq, venu pour tenter de trouver une solution à leurs affaires déclinantes. Et ne pouvant approcher les poules, ils finirent par déserter et certains moururent affamés.

Sans tourner trop autour du pot, le coq a dupé les poules et les a mises dedans. Mais lui ne s'est pas non plus méfié des renards et comme un mouton a suivi leurs malhonnêtes ambitions. D'où cette question : vaut-il mieux être une poule au pot ou un coq ovin ? Car après tout, l'important c'est de savoir à quelle sauce on risque d'être mangé.

Quant aux poules, elles réapprirent à vivre sans peur et se sentaient désormais libres, sans plus aucune contrainte. Elles n'avaient même pas remarqué l'absence des renards.

Et un jour, la poule disparue revint au poulailler à la surprise générale confirmant ainsi leurs anciennes peurs inutiles.

Moralité : derrière chaque poule de luxe qui s'asperge, il y a toujours un coq qui pactise avec les renards. Et il faut parfois qu'une poule soit démunie pour qu'elle se rende compte que les renards sont insignifiants.
Et il ne faut pas forcément attendre que les poules aient des dents pour mordre la vie !

Damien Khérès

L'heure de vérité

L'autre jour, dès le matin, je me suis mis à entendre un petit bruit, très répétitif « Tic, tac, tic, tac…. ». Et c'en est vite devenu très énervant. Je ne parvenais pas à me calmer. Même la nuit et pourtant la nuit détend. Pas moyen de savoir d'où venait le bruit. J'ai fouillé partout mais je n'ai pas réussi à mettre la main sur son origine. Je me suis dit que c'était dans ma tête et avant de devenir fou je suis allé voir mon docteur :
— C'est votre horloge interne, me dit-il.
— Mon horloge interne ?
— Oui votre horloge biologique si vous préférez. Celle qui vous permet de garder un certain cycle.
— Mais pourquoi fait-elle ce bruit ?
— Elle cherche probablement à se faire entendre.
— Ne pouvez-vous pas la régler ?
— Désolé mais je ne suis pas horloger.

Il m'indiqua alors une personne compétente, une certaine Laure et une adresse, là où Laure logeait. Piqué au vif, à l'heure de pointe, je m'empressai de la retrouver pour enfin avoir une explication plus pointue. Je me ruai vers Laure en espérant que son aide me serait précieuse :

— Votre heure approche. C'est comme une alarme qui vous avertit, me dit-elle.

— Comment ça ?! Déjà ? Mais qu'est-ce-que je peux faire ?

— Compter les heures, car vos heures sont comptées.

— Mais vous ne pouvez pas m'aider ?

— Je peux essayer de vous opérer et après je vous emmènerai en salle de réveil, nous verrons si votre heure a sonné.

— Et si j'ai une panne de réveil ?

— C'est le risque...

— Mais enfin, vous ne pouvez pas simplement la régler mon horloge ? Enfin, plutôt la dérégler. Vous par exemple, vous êtes bien réglée non ?

— Oui, tous les mois. Mais moi mon horloge biologique me fait faire des choses : l'autre jour j'ai fait un enfant.

— Ah oui en effet, nous n'avons pas la même. Mais qui me dit que la mienne est à l'heure ? Je ne veux pas attendre ma dernière heure. Je veux mon heure de gloire.

— Une heure ?! Non. Un quart d'heure de célébrité tout au plus.

Choqué, je regardai par la fenêtre et j'aperçus des athlètes en train de courir :
— Qui sont-ils ?
— C'est le temps qui passe, monsieur.
— Le temps ? Sur une piste d'athlétisme ?
— Oui, ce sont les couloirs du temps.
— Mais pourquoi sont-ils si nombreux ?
— Tout va très vite aujourd'hui par les temps qui courent. Chacun son temps, le temps n'est pas le même pour tout le monde même s'il court en même temps pour tout le monde.
— Ah. Et où est le mien ? Je ne le vois pas.
— Si votre dernière heure approche c'est que vous n'avez plus de temps. Vous l'avez probablement tué.

Sur ce, je quittai Laure sur-le-champ vers ces hommes qui couraient sur la piste et dont le nombre diminuait à vue d'œil. Il ne restait plus beaucoup de temps alors je courais de toutes mes forces pour tenter de rattraper le temps perdu, le mien, car il devait forcément être là, parmi eux.

C'est alors qu'au bout d'efforts incroyables je parviens à en attraper un. J'avais enfin pris mon temps. Et à ma grande surprise, mon horloge s'est immédiatement arrêtée de faire du bruit.

Comme quoi, il faut bien vivre avec son temps, sinon il finit par s'enfuir et il est très dur de le rattraper.

L'Évidence

Ces derniers temps, j'ai eu beaucoup de doutes. Alors j'ai décidé de me rendre à l'Evidence, car je suis sûr que là-bas j'aurai mes réponses.

Ne sachant pas comment m'y rendre, je me suis tout d'abord renseigné à la gare :
— Avez-vous un train pour l'évidence ? demandai-je à un agent ferroviaire.
— Pas que je sache non.
Là à la gare et face aux trains, je m'égare et calme mon entrain. D'un regard je comprends que je suis contraint de trouver une autre solution. Oublions la bagarre qui me mettrait dans le pétrin, j'étais en train de ne pas paraître trop hagard.

Bref, c'était mal parti, je n'étais pas sur la bonne route et ce n'était visiblement pas la bonne manière ni le bon chemin de faire.

Je me suis alors souvenu de ce que dit souvent mon grand-père vigneron, qui a de la bouteille et une certaine sagesse : pour se rendre à l'évidence, il ne faut pas y aller par quatre chemins. Et ça tombe bien car j'étais bien décidé à emprunter la bonne voie, sans avoir à utiliser les trois autres.

Je suis parti de nuit et tout était très sombre. Je broyais du noir. Ce n'est pas que ça me nuit mais j'aime bien voir où je vais. Mais au fur et à mesure que j'avançais, la route s'éclairait, ce qui était plutôt agréable et me rassurait, car cela semblait vouloir confirmer la direction de l'évidence. Je n'en doutais pas, ce dont je n'avais pas l'habitude, moi qui suis rempli de doutes j'avais maintenant de plus en plus de certitudes. Donc, plus j'avançais et mieux je distinguais ce qui m'entourait comme si ce voyage illuminait mes jours. J'avais un peu de mal à m'y habituer au départ, mes yeux se plissaient sous la luminosité mais j'avais désormais les yeux grands ouverts et une vision qui s'affinait. Surtout que je voulais tout voir et ne pas rater l'évidence, même si elle pouvait paraître facile à trouver.

Fallait que je me fasse confiance après tout, marcher tout droit, à l'instinct, sur le droit chemin. Et pas question de prendre des chemins détournés, ça m'éloignerait de mon objectif. Et puis, je ne me serais jamais aventuré sur ce sombre chemin au départ si je n'avais pas eu confiance. Ne pas trop réfléchir, juste y aller car je sens que c'est ce que je dois faire.

Et là soudain, un vieil homme me fait face :
— Si tu cherches l'Evidence, tu ne la trouveras pas. Mais si tu trouves ta voie, tu atteindras l'Evidence. Car sur ta voie tu verras la Lumière et seule la Lumière te guidera vers l'Evidence. Plus tu te connaîtras et mieux tu comprendras le monde.
— Mais comment trouver ma voie ?
— Fais ce que te dicte ton cœur, il ne se trompe jamais.
Je suis resté sans voix, un petit garçon perdu, sans voie.

Je repris la route avec ses paroles en tête et j'étais persuadé être sur la bonne voie. Alors que je marchais, je comprenais de mieux en mieux, tout s'éclairait et au loin j'apercevais une lumière intense. C'est ce que le vieil homme nommait la Lumière. Je suis sur ma voie, je le sens, je me sens aidé, guidé, tout devient plus clair. Comme le roi dans l'arène, moi le prince de sa voie. Je viens de le comprendre, c'est ce qu'on appelle le clair de génie. Mais la lumière est bien trop haute, jamais je ne pourrai l'atteindre.
C'est à ce moment-là que je croise une jeune femme :
— Si tu veux voyager jusqu'à la Lumière, il te faut voyager léger.
Elle prit alors mon sac à dos et le vida.
— Débarrasse-toi de ta colère, de ta négativité, de tes préjugés, de tes peurs. Est-ce-que tu ne te sens pas mieux ?

— Oui en effet, je me sens beaucoup plus léger. Mais c'est étrange, je ne touche plus le sol.

— Oui, tu voles. Tu es maintenant rempli d'Amour et l'Amour fait pousser des ailes.

— C'est extraordinaire, je me sens libre !

— Oui plus rien ne te pèse. Rien ne peut désormais te retenir.

— Mais y trouverai-je le bonheur ? N'en n'auriez-vous pas un peu à emporter ?

— Le porte-bonheur est un leurre. Nous le cherchons tous à l'extérieur mais il est à l'intérieur, déjà présent en chacun de nous.

C'est ainsi que j'atteignis la Lumière. Surpris de voir alors un monde rempli d'amour et d'existences joyeuses car c'est bien là que les vies dansent.

Quand on sait et qu'on prend conscience des choses, tout a un sens et tout est juste. Plus d'amertume ni d'aigreur puisque tout a une raison d'être. Ce qui arrive est ce qui doit arriver, seule la perception de ce qui est change. Rien n'est négatif, tout fait partie du chemin et maintenant que j'ai pris de la hauteur, je le sais au plus profond de moi.

Des astres pour le bonheur

En ce moment c'est un peu compliqué avec ma femme. Alors pour arranger les choses j'ai décidé de lui faire plaisir et je lui ai demandé ce qu'elle désirait. Figurez-vous qu'elle m'a demandé la lune. Ce n'était pas une mince affaire.

Je m'efforçai bientôt de trouver une solution afin de pouvoir décrocher la lune pour la lui offrir. Mais comment l'atteindre ? Et une fois là-bas comment l'attraper et la ramener ? Je m'en faisais une montagne, impossible à gravir et pourtant une montagne assez haute m'aurait aidé dans mon entreprise. Mais ce n'était pas suffisant, il fallait que je les soulève les montagnes et que je les déplace.

Pour commencer, je me suis envoyé en l'air. Je ne pensais pas que j'y prendrais autant de plaisir. Arrivé en l'air, je décidai de lire le ciel afin de me diriger dans la bonne direction, vers mon objectif lune, sur le bord de la voie lactée. Et puis tout d'un coup, je ne voyais plus rien. Je me suis dit que c'était probablement l'amour qui me rendait aveugle puisque tout ça je le faisais par amour et uniquement par amour. Mais en fait, c'était le soleil, je l'avais en pleine face. J'allais droit sur lui alors pour éviter de me prendre un coup de soleil, je lui tournai le dos et m'éclipsai. Ce n'est pas une place au soleil que je cherchais où d'ailleurs j'aurais pu me brûler les ailes, mais c'est bien la lune que je convoitais.

Et là, j'étais perdu.

Alors, je me suis mis à observer le ciel très attentivement, à la recherche d'une aide céleste : je priais le ciel. Et j'ai fini par tomber sur une étoile filante mais qui se déplaçait très lentement. J'avais trouvé mon étoile, ou du moins j'avais décrété que c'était la mienne. Je voyais là un signe et je décidai alors de suivre ma bonne étoile.

Une comète passant par là, j'y fis une halte. J'en profitai pour réfléchir, m'organiser et coucher mes idées par écrit bien qu'elles ne soient pas prêtes à s'allonger puisqu'en général j'écris plutôt des histoires à dormir debout. Bref, je tirais des plans sur la comète et une fois les traits tirés, j'étais fatigué. C'est ainsi que je pris un peu de repos, à la belle étoile, reprenant des forces pour la suite de mon aventure.

Lorsque je repartis enfin, toujours en suivant mon étoile, je fus aspiré par un trou noir et projeté dans un autre coin de la galaxie, si on considère que la galaxie a des coins et si on a donc une vision très carrée de l'univers. Mais si telle est votre point de vue, je ne peux pas vous l'enlever, auquel cas je serai obligé de nier l'existence de ces coins retirés. Bref, dans ce nouvel espace où je n'en manquais pas, je fus surpris de voir qu'il n'y avait plus une lune mais des centaines. Je n'avais plus qu'à faire mon choix.

J'en choisis une demi, parfait pour ma moitié et surtout plus facile à ramener. Je l'attachai solidement à une corde et la poussai pour lui donner l'impulsion d'avancer. À défaut d'être dans la lune - ce qui aurait été moins pratique et j'aurais pu me perdre dans mes pensées et ne pas retrouver le chemin - je la chevauchai et je repris le chemin par lequel j'étais arrivé.

Le voyage fut merveilleux, et avec la vitesse j'avais des étoiles plein les yeux, ce qui reste bien plus agréable que des insectes venant s'écraser sur le visage.

Avant d'offrir la lune et pour parfaire ma surprise, je l'avais enduite de miel. Quand vint le moment et pour célébrer notre union, je lui fis par conséquent cadeau d'une lune de miel, accompagnée de mes mots unis vers celle que j'aime d'un amour universel. Quelle ne fut pas son bonheur de découvrir ainsi ce présent qui nous annonçait un bel avenir. Elle tomba des nues et tout cela lui parut tomber du ciel. Elle n'avait pas idée à quel point !

Damien Khérès

Moralité : Pour décrocher la lune il faut toujours suivre son étoile car le ciel vous réserve toujours de belles surprises surtout quand un nouvel univers s'ouvre à vous.

Le temps des fils où chacun sa corde

Je me suis rendu compte dernièrement que toutes les décisions que je prenais je les prenais en étant conditionné par tout un tas de cadres : sociétal, religieux, familial, éducationnel, et j'en passe. Bien encadré, j'étais devenu un véritable pantin.

Pour parfaire ma pantomime, je décidai d'aller voir Ariane, une marionnettiste afin qu'elle m'apprenne toutes les ficelles du métier.

Je ne l'ai pas vu tout de suite mais au bout d'un moment elle avait fait de moi ce qu'elle voulait. C'était elle désormais qui tirait les ficelles de mon existence. Et si nous avions été mariés, j'aurai pu être un parfait mari honnête mais je me suis contenté d'être sa parfaite marionnette. Mon but accompli, j'avais touché le fond, je ne pouvais que remonter car quand une tare t'atteint, tu ne peux que renverser ta situation (ou bien tomber dans les pommes).

Il m'a fallu alors arracher les ficelles pour couper les liens qui me retenaient à cette femme qui fit celle qui ne comprenait pas mais qui finit par me dire adieu en me lançant un « Ciao Pantin ! », ponctuant ainsi une relation bien ficelée.

Libéré de mes ficelles, je tâchais de me reconstruire au fil du temps et de trouver mon fil conducteur pour me sortir de ce labyrinthe où mon esprit s'était égaré. Perdu dans mes pensées que je taisais, un coup de fil d'Ariane m'extirpa définitivement de ma prison mentale avant que le minotaure ne me dévore, ce monstre à corps de regrets et à tête de remords. C'en était bel et bien fini, la page était tournée, le chapitre clos, une histoire terminée que la passion délivre.

Je retrouvais peu à peu ma liberté de penser et bientôt une exaltation pour l'art se manifesta et jeta sur mon chemin, non pas une pierre, mais une Jeanne, une jeune femme dont l'art est celui de tirer des flèches avec la plus grande précision. Moi, devenu maître d'art et Jeanne d'arc, à chacun sa spécialité. Si j'étais passionné par l'art cher, j'avais aussi maintenant un coup de cœur pour l'archère qui venait de le transpercer d'une flèche empruntée à Cupidon. Et je constatai rapidement qu'elle avait plusieurs cordes à son arc. Elle s'en servait comme d'un instrument ce qui lui permettait effectivement de tirer des flèches et de jouer de la musique.

Parmi ses cordes, elle avait une corde sensible qu'elle faisait vibrer pour me convaincre ou me manipuler. Quand elle la touchait, il arrivait parfois que ça me fasse mal car elle savait où appuyer. Elle avait également une corde vocale, bien utile pour faire résonner sa voix et l'élever contre quiconque lui ferait du tort. Quant à la corde raide, elle la gardait pour les situations tendues et en usait donc avec parcimonie et parfois avec moi. Pour les autres cordes, et il y en avait encore quelques-unes, car tout était dans ses cordes, je soupçonnais d'ailleurs qu'elle en réservait une pour me la passer autour du cou.

Tel Guillaume visant la pomme elle m'avait vraisemblablement pris pour cible, moi qui pensais pourtant être une personne sans cible. J'ai compris alors que je comblais plutôt sa peur de se retrouver seule. J'aurais dû me méfier, car quand l'arc est au logis on peut finir par tomber sur un os et mettre à jour des choses qu'on préférerait garder enfouies.

Ce n'était pas que je sois contre cette situation, enfin si un peu quand même, mais je venais à peine de me décoller d'Ariane pour laisser fuser ce besoin de me retrouver seul. Il me fallait du temps, faire le vide, ce vide nécessaire qui indique de quoi nous remplir et malheureusement pour Jeanne, et heureusement pour moi, je suis parti comme une flèche laissant son arc seul et ses cordes détendues. Je m'étais autoproclamé maître de la ponctuation d'histoires : j'ai tiré un trait pour faire le point et mettre ma vie entre parenthèses.

Cela m'a amené à me poser cette question : est-ce-que j'agis vraiment en fonction de ce qui est juste pour moi ? Ou est-ce-que tout ce que je fais je le fais pour ne pas décevoir ou en fonction de ce que les autres attendent de moi ? Et là je ne voulais plus dépendre de la volonté de qui que ce soit, et me dé-pendre de ces fils par lesquels j'étais pendu.

À trop tirer sur la corde, on en perd le fil. Le temps défile, je vous l'accorde, mais quand on s'accorde c'est le meilleur qui se profile, éclipsant les discordes du temps des fils. Alors tout concorde et le pire se défile, le nœud coulant se desserre sur la corde lisse où s'enfile désormais les perles de la miséricorde. La vie est un sac de nœuds où les cordes et les fils te ligotent et t'immobilisent, il faut du temps pour s'en défaire, surtout si ce sont des fils de fer. Au diable les fils, je n'en veux plus, et rendons les cordes aux niais, bêtes comme leurs pieds, car j'en étais lassé !

Je me suis donc mis en retrait tâchant de réfléchir et je me suis réfléchi dans mes propres traits. C'est parfait pour se voir tel que l'on est. Je savais alors ce que je voulais et ce que je ne voulais plus. Comme quoi, plus on est loin du monde et plus on est proche de soi.

Il ne me restait plus qu'à m'écouter, c'était la meilleure façon de m'entendre avec moi-même et surtout avec mon enfant intérieur. Et c'est amusant car quand je pense à mon enfant intérieur, je vois un enfant assis à l'intérieur de moi les mains sur des manettes comme s'il commandait un vaisseau spatial qui ne serait autre que mon propre corps.

    Allais-je le laisser me diriger ? Oui ! Après tout, c'était peut-être ça la liberté, s'affranchir de tous les marionnettistes extérieurs et ne garder qu'un seul guide intérieur, couper ces fils et démêler ces nœuds qui nous encombrent et avoir le courage de s'écouter. Car en fin de compte la vie est un spectacle dont nous sommes les acteurs et non les spectateurs.

Damien Khérès

Tu sais Petit...

Tu sais Petit, si les grands veulent toujours avoir raison
C'est qu'ils ont perdu de vue l'horizon
Et si toi tu vois par-delà les nuages
Va leur expliquer que l'espoir n'a pas d'âge

Dis leur que le monde est beau à qui sait le voir
Que seule la lumière peut vaincre le noir
Et que les fées aussi existent
Ne les laisse pas te rendre triste

Tu sais Petit, chacun fait son chemin, chacun évolue
Certains avancent et ne se retournent plus
D'autres marchent à reculons
Et tournent le dos à leurs profondes aspirations

Les gens changent, rien n'est figé
Tout comme le temps qu'on laisse filer
Mais chacun dans sa vie a été un enfant comme toi
Et au fond d'eux, très peu écoutent encore cette petite voix

Tu sais Petit, si tes parents ne s'aiment plus
C'est que le temps leur ait passé dessus

Rêv'Errances verbales

L'amour à deux s'entretient et peut vite s'essouffler
Mais rassure-toi ils ne cesseront jamais de t'aimer

Aimer ses enfants est bien plus fort que tout
C'est l'amour des parents qui te construit et qui te tient debout
Après, suis ton destin, tu ne leur appartiens pas
Si tu es heureux, ils respecteront tes choix

Tu sais Petit, les hommes ne sont pas tous gentils
Mais tu apprendras à leur pardonner leurs délits
Dis-toi que s'ils cherchent à blesser
C'est qu'ils ne s'aiment pas assez pour s'en empêcher

Prendre soin de toi c'est essentiel,
Connaître et accepter qui tu es au pluriel
Dans ce monde complexe où tout est singulier
Le plus beau est de comprendre que nous sommes tous liés

Tu sais Petit, je n'ai pas vraiment de conseil à te donner
Tu en sais déjà probablement beaucoup
Seul l'Amour peut mettre le monde à tes pieds
Et si tu y crois, la vie t'en offrira le goût

Damien Khérès

La communication a ni mal, ni bien, et pourtant...

On dit que les chats se repèrent facilement dans le noir grâce à leurs moustaches ou que les chiens même sourds entendent les ultrasons. Manque de bol pour moi, j'ai eu un chat sourd et un chien aveugle. En fait, je n'ai toujours eu que des animaux à problème. Ce chat me rendait fou, je lui parlais comme un chien et ce chien à qui je ne savais pas quoi dire, je lui donnais volontiers ma langue au chat. Et ça s'est plutôt mal terminé : mon chat sourd a fini écrasé par une voiture, il ne l'avait pas entendu, et mon chien aveugle, que je devais guider, a aussi fini écrasé par une voiture, il ne l'avait pas vu.

Mais ce n'est pas tout.

J'ai même eu un hamster suicidaire que j'ai retrouvé un jour pendu dans sa cage. Lui il a vraiment décroché le pompon, même s'il avait plutôt raccroché et que j'ai dû le décrocher, déçu qu'on n'ait pas pu accrocher tous les deux, ça lui aurait peut-être sauvé la vie. Triste vie qu'a eue ce hamster en phase terminal où l'âme se terre, minable, un mystère animal pour moi que ce hamster miné. Que faire face à ce drame, se taire ? Et puis je me suis dit qu'il valait mieux un hamster suicidé chez moi qu'un hamster brûlé au Connemara.

Et encore, je ne vous parle pas du lapin boiteux dépressif qui tournait en rond car il ne sautait que sur une seule patte ou de la tortue anorexique qui détestait la salade, ni de la façon dont ils sont morts, vous ne me croiriez pas.

Alors pour consoler ma tristesse, car j'avais encore les images de tous ces animaux d'une froideur macabre, on m'a offert un cochon d'inde, marron, à Noël. Délicate attention après toutes ces embûches glacées.

N'ayant jamais eu de cochon d'inde ni d'une autre partie du monde d'ailleurs, je me suis dit qu'un peu d'encens le mettrait à l'aise, et que quelques piments dans sa gamelle ne le dépayseraient pas trop. Je l'ai retrouvé mort étouffé le lendemain. Et moi aussi j'ai tout fait. Non, je ne suffoquais pas, j'ai tout fait, j'ai fait tout ce que je pouvais pour le sauver. La réanimation cardiaque et même le bouche à bouche. Rien n'y fit.

Nous n'avions même pas eu le temps d'être copains comme cochon. Tout cela me laissa rongeur...

La série continuait et tous ces animaux disparus hantaient mes nuits, je les voyais habillés en blouse blanche venant me chercher pour me guérir.

Alors, suite à ce dernier incident, j'ai eu une révélation, j'ai enfin compris. J'ai compris pourquoi tous ces animaux venaient à moi mourir : ils essayaient de me faire comprendre quelque chose mais je n'avais pas pris la peine de le faire.

Je me suis alors inscrit à un stage de communication animale car, je l'avoue, c'est une langue que je manie mal, de compagnie mais aussi sauvage. Ce fut très enrichissant et j'ai rapidement découvert que j'avais un don qui me permettait d'échanger avec les animaux sans chercher à vouloir les changer, ni les échanger d'ailleurs. Tout se passait par télépathie, comme si leurs pensées venaient directement dans ma tête et il me suffisait de penser la réponse pour qu'ils la reçoivent.

Voilà ce qu'il me fallait comprendre : la lecture de pensées pour panser les blessures.

Depuis, j'ai fait ce rêve étrange où je retrouvais mes animaux, qui n'étaient plus vêtus de blouse blanche mais de maillots de bain, sur le quai d'une gare, me disant au revoir en s'engouffrant dans le train qui se mit alors à quitter la gare en volant. J'en ai pleuré, et je ne les ai plus jamais revus la nuit, ni le jour d'ailleurs mais ça c'est plus compréhensible. Envolés. Et moi je me sentais plus léger.

Et aujourd'hui, ça va vous paraître fou, mais j'ai récemment ouvert un refuge où j'accueille tous les animaux abandonnés, dépressifs, abîmés... pour les requinquer avant de leur trouver un nouveau foyer. Apparemment, ça leur fait du bien d'être enfin compris. Enfin, c'est ce qu'ils m'ont dit.
Comme quoi, avec les animaux, bien soigner son langage est le gage d'un animal bien soigné.

Damien Khérès

L'envolée

Je me souviens de cet oiseau qui était alors bien malheureux
À se morfondre il n'arrêtait pas de tourner en rond
Il se cherchait, broyait du noir avec ce voile devant les yeux
Car tous les oiseaux qu'il fréquentait le prenaient pour un pigeon

Alors pour ne pas décevoir et ne pas avoir à s'imposer
Il tâchait de se comporter comme un de ces rats volants
S'abaissant à picorer dans les jardins publics les miettes jetées
Jusqu'à déverser ses fientes à la face des monuments

Anonyme dans la masse, il s'y fond sans faire de bruit
Ce bruit intérieur qu'il étouffe dans des cris inaudibles
La complainte de l'oiseau de malheur meurtri
Résonne silencieusement dans un murmure imperceptible

Mais à refouler sa profonde identité, il vole à côté de sa vie
Il était devenu le parfait pigeon, mais à quel prix ?

Et un jour cet oiseau s'est senti prêt, prêt à en froisser quelques-uns
Prêt à s'affirmer car affirmer ce qu'on est c'est ne pas vouloir trahir son cœur
Quitte à y laisser des plumes et quelques miettes de pain
De nouveaux cieux s'ouvrent toujours à ceux qui balaient leurs peurs

Quand on a décidé de quitter le nid douillet pour voler de ses propres ailes
On vole aussi dans les plumes des oiseaux de mauvais augures
Peu importe de se faire traiter de tous les noms d'oiseaux du ciel
L'essentiel est d'être en accord avec sa véritable nature

Et cet oiseau sans se brûler les ailes a retrouvé de nouveaux horizons
Passant de pigeon à voyageur vers son inclination naturelle
Et avec lui ce refus désormais de ne plus passer pour un pigeon
À tire d'aile clamant haut et fort qu'il est une tourterelle

Damien Khérès

De gêné à logique

Dernièrement, je trouvais que j'étais crispé, pas trop dans mon assiette et dieu sait que j'ai plutôt bon appétit pourtant. J'étais un peu tendu et comme tout ce qui est tendu doit se détendre, c'est la théorie du ressort, je me suis dit qu'un petit retour à la nature ne me ferait pas de mal et me redonnerait un peu de bonne énergie.

Je me suis donc retrouvé à marcher au grand air dans le champ des possibles à la recherche d'une paix intérieure. Et au milieu de ce champ, je tombe nez à nez, ou plutôt nez à écorce si on veut être plus précis ou que l'on est plus pointilleux, avec un arbre majestueux, énorme, d'une hauteur et d'une envergure incroyable. Sur son tronc est gravé mon nom, à ma grande surprise. Et là je comprends instantanément que je suis face à mon arbre généalogique. Je ressens alors un profond respect devant cette masse imposante, cet être sans être un hêtre mais plutôt un chêne dont j'ai l'impression de sentir le poids comme un boulet.

Tout au-dessus, les branches sont courbées, jaunies par le soleil et croulent sous le poids de l'humidité ambiante. Elles sont comme de vieilles branches, dures de la feuille et retiennent l'eau à leur surface au lieu de la laisser ruisseler sur les branches du dessous. Trop de boulot les a un peu pliés et face à cette souffrance je ne suis pas le seul pleureur, d'autres en ont probablement ressenti les effets.

Dans un élan spontané, je me surprends alors à enlacer l'arbre, mes bras autour du tronc, comme pour embrasser chacune des branches et des feuilles qui le composent, comme pour relâcher, libérer cette souffrance que je ne comprends pas mais qui me touche, dans le pardon et la gratitude dénuée de tout jugement.

S'il faut creuser pour trouver ses racines, plus celles-ci infiltrent la terre et plus le tronc est ancré. Et plus le tronc est ancré dans le sol, plus l'arbre est solide et résiste face au vent, aux perturbations extérieures car rien ne peut désormais l'atteindre. Il se dresse alors et devient ce pont qui relie la terre au ciel et peut toucher les cieux où plus rien n'est impossible, dans une verticalité sans faille. Car ce n'est que solidement ancré que l'on peut s'élever et atteindre le ciel.

Avant de repartir, je jette un coup d'œil derrière mon arbre et j'aperçois au loin des milliers et des milliers d'arbres comparables au mien mais de tailles et de vitalités différentes. Je comprends que je ne suis que l'arbre qui cache la forêt de l'humanité. Chaque arbre a ses propres caractéristiques, ses propres racines, ses propres ramifications mais tous sont reliés, tous sont connectés sur un même réseau. Les plus vigoureux ajoutent de la force au réseau et aident les arbres alentour à se développer plus facilement tandis que les plus vulnérables entraînent leurs voisins à leur dépérissement par leurs énergies négatives.

C'est ainsi que je fais un vœu solennel et plein d'espoir, espérant que chaque arbre pourra retrouver sa plus belle force et la communiquer pour former une forêt élevée et puissante jusqu'à voir le ciel s'ouvrir et se livrer. Dans un soupir d'optimisme, la main posée contre le tronc de mon arbre, je regarde l'horizon et dit : « Je touche du bois… ».

Vol au-dessus d'un nid de problèmes

Figurez-vous qu'il m'est arrivé d'être harcelé par mes problèmes. C'est bien simple, ils me suivaient partout. Comme j'avais le nez dedans, je me suis dit qu'il fallait que je m'en écarte et c'est surtout que je ne pouvais plus les voir. Beh oui c'était devenu un problème, un de plus.

Alors voilà je décidai de prendre du recul, moi qui d'habitude ne recule devant rien. Et ainsi, si je m'en éloigne, je ne serai pas près de les voir et comme on dit loin des yeux loin du cœur je ne prendrai donc plus mes problèmes à cœur. Mais dès que je m'en écartais, je les voyais venir de loin et ils finissaient toujours par me rattraper. Je repartais, ils revenaient. Je repartais, ils revenaient encore. Encore et encore. Je fuyais en courant, ils parvenaient quand même à me rattraper.

Je me suis dit que je ne devais pas être le seul, surtout si ce sont des problèmes courants.

Puisque je n'arrivais pas à les laisser derrière moi, je devais les tromper et me cacher d'eux. Peut-être qu'ils finiraient par m'oublier s'ils ne me voient plus.

Alors dans ma course, je vois un trou et me jette dedans.

J'étais tapi dans l'ombre et ma respiration se faisait la plus silencieuse possible afin qu'ils ne me retrouvent pas.

Et là je les entends passer, ils me cherchent.

Je me calme et je me rends compte que cela m'indiffère de plus en plus. Je suis là dans mon trou, mes problèmes me cherchent mais peu importe. Avant j'avais le nez dans les problèmes, maintenant que je suis plus bas que terre, ils sont toujours là mais ils me passent au-dessus. Ça m'est bien égal.

Mais au fond, ça me rendait triste. J'étais au fond du trou. Et à force d'être caché dans l'obscurité, à l'abri des regards, je ne voyais plus. Je broyais du noir. Je me retrouvais donc seul et sans problème. Alors je sais bien ce que vous allez penser. Vous allez me dire, s'il n'y a plus de problème c'est que je suis sorti d'affaire, à défaut d'être sorti de mon trou. Et bien non, car je sentais comme un vide du coup. Comme si mes problèmes me donnaient le sentiment d'exister à travers eux. Ça commençait à devenir un problème. C'est quand même étrange d'avoir un vide dans un trou noir.

Mais comme les trous noirs absorbent tout, mes problèmes ont fini par retrouver ma trace et sont arrivés jusqu'à moi, dans mon trou noir. Je ne pouvais rien faire à part m'enfoncer un peu plus profond sous leur poids. Les problèmes étaient sur moi, j'en avais plein le dos et par-dessus la tête. Vous imaginez mon désarroi….

Alors n'en pouvant plus, je me suis assis dessus.

Et c'est alors que je me suis mis debout, je les ai surmonté et pris mon impulsion sur eux pour me hisser hors du trou. Je refis surface. J'ai cru que j'allais y rester.

J'étais revenu à mon point de départ mais je savais maintenant qu'il ne fallait pas que je me jette à corps perdu dans un trou si je ne voulais pas non plus y perdre la tête. Je me suis alors rappelé les paroles de ce moine bouddhiste : « Quand je croise un problème, je lévite ».

Suivant ses conseils, je me suis mis à léviter. Et mes problèmes ne m'atteignaient plus. Je prenais de plus en plus de hauteur et je les voyais de plus en plus petits en me demandant comment de si petits problèmes pouvaient m'embêter autant. Les gens d'en bas me regardaient avec un air méfiant. Ils m'interpellaient sur un ton agressif en disant que je les prenais de haut et que j'avais une haute idée de moi. Pas du tout ! J'allais beaucoup mieux, au contraire. J'avais une vue magnifique et je profitais du paysage, tranquillement, sans problèmes. J'ai même eu mon docteur au téléphone qui me demandait ce que je prenais pour aller mieux. Je prends de la hauteur, lui ai-je répondu. Et les gens restés en bas continuaient de médire à mon sujet mais comme leurs propos ne volaient pas très haut, ça ne m'atteignait pas. J'étais au-dessus de ça. Être hauteur vous délivre comme des livres font l'auteur me disait un ami écrivain de haute volée.

Et de là où j'étais, je fis une découverte. Je voyais d'où sortaient les problèmes avant de courir après les gens. D'ailleurs, les gens d'en bas qui me méprisaient avaient tout un tas de problèmes à leurs côtés. Je voyais donc d'où ils venaient, la source. J'avais accès à la source de tous les problèmes. C'est bien cette source qui provoque tous les problèmes en cascade. Ça coule de source. En remontant la rivière des yeux, je m'aperçois qu'elle prend sa source aux origines de l'humanité. Nous sommes tous la source de nos propres problèmes. Quelle découverte ! Je suis tombé de haut.

Je me suis dit que maintenant que j'avais vu ça, je pouvais redescendre. D'autant plus que les gens d'en bas me voyant si haut discutaient encore de moi. Ça faisait débat ! Si je descends, et que je me mets à leur niveau, je vais peut-être pouvoir faire remonter celui de la conversation puisque j'ai vu les choses de haut. Mais je me dis que je vais devoir faire profil bas, parler à voix haute et le verbe haut pour éviter les coups bas et sans jamais avoir un mot plus haut que l'autre.

Alors comme un explorateur revenant d'une expédition, je leur expliquai ma découverte.
Ils m'ont pris pour un fou, ça ne les a pas rassurés. Et ils m'ont laissé partir. Ils n'allaient quand même pas s'en prendre à un fou, un fou ça ne se raisonne pas. Mais ça c'est mon problème, enfin plutôt le leur. Car maintenant que je connaissais ce secret, je me sentais libre de tout problème et ceux-ci ne me manquaient pas. En effet, les problèmes ne manquaient pas et les problèmes attirant les problèmes, ils se reproduisent très vite.

Pour moi ce n'était plus des problèmes mais de simples obstacles à surmonter pour mieux prendre de la hauteur et comprendre ainsi leur origine. Car après tout, la vie n'est qu'une suite d'obstacles permettant de pouvoir mieux se connaître.

Damien Khérès

Au fond la forme

Je me pose plein de questions sur l'alliance de la forme et du fond
Car un bon texte doit pouvoir marier les deux à la perfection.
Est-ce qu'un fond même profond sans forme se déforme ?
Et que font les formes sans les fonds ?

Fond et forme semblent liés
Mais un fond qui se confond à la forme, est-ce conforme ?
Est-ce qu'on forme un fond à base d'une forme ?
Ou est-ce qu'on fond une forme sur un fond ?

Je suis partagé entre favoriser le fond et souligner la forme.
Quand on y met le fond, doit-on y mettre les formes,
Ou le fond se suffit ? Il faut qu'on m'informe.
Et comment font les formes qui se défont et se reforment,
En ressortent-elles difformes ?
Car si c'est le cas, la forme ne se déforme pas et le fond ne s'y fond pas.
Et comment se forment les fonds ?

Ce qu'il me faudrait, c'est un fond qui épouse les formes,
Qui épouse les formes de la forme
Et une forme qui se confond au fond.
Une forme qui vient des bas-fonds
Peut très bien se marier à un fond
Portant des hauts-de-forme.
Une plate-forme peut toujours s'élever au rang d'un plafond,
C'est comme donner de la forme à un fond plat.

Je veux donner du fond à la forme
Et je veux donner une forme au fond.
Je veux parvenir en bonne et due forme à un savant mélange du fond et de la forme.
Au fond ce n'est pas si facile, je l'avoue, mais je suis en forme.
C'est un travail de fond mais on s'y forme,
J'étudie le cas à fond et ça prend forme.

Le fond maintient la forme et la forme structure le fond.
Le fond s'appuie sur la forme et se forme à petit feu.
La forme charpente le fond et se fond un petit peu.
La forme cache le fond mais le fond soutient la forme.

L'art d'allier le fond à la forme est au fond une forme d'art.

Damien Khérès

En mode vibreur

À force d'être las, je me suis mis au diapason. Enfin, je me suis mis au la puisque le diapason donne le la. Évidemment, si je m'étais mis à mi je n'aurais pas été là, le mi est bien trop bas et donc sur une vibration plus basse. Quoique, j'ai un ami qui s'était mis à mi et cet ami a mis longtemps avant de passer au la et là, l'ami en question a mis le holà et moi je me le suis mis à dos.

Bref, tout ça pour vous dire que je me suis mis au diapason et que je suis beaucoup mieux dans cette vibration. Comme tout est vibration, ma propre vibration agit sur mon environnement et je créé donc ma propre réalité à l'image de ma propre vibration. C'est pour cette raison que je ne veux surtout pas être en basse vibration, j'attirerais tout ce qui vibre bas, c'est-à-dire les choses pas très positives, des notes basses, du bas de gamme en fait.

Et une fois au diapason, je peux ressentir toutes les notes et mieux les apprécier. Je résonne. Généralement, et pour revenir dans la bonne vibration car il arrive que je me désaccorde, je m'assois par terre en position du lotus. Assis sur le sol, je fais le dos droit et si mon do est droit c'est que la note est juste. Tout est question d'harmonie. La-si sur le sol, même si le sol appuie sur la-ré, sont des accords plus légers que la-mi sur le do par exemple - oui, encore cette histoire d'ami, ça me tracasse que voulez-vous.

Pour en revenir à l'harmonie, vous pouvez essayer de la jouer. Si vous ne faites que la-mi-ré, vous finirez forcément par la-do-ré, ce n'est qu'une suite logique de notes. Oh mais ça peut durer longtemps, à moins que n'alliez jusqu'à la-ré.

Vous pouvez aussi chanter l'harmonie. Tenez, l'autre jour, vous allez encore pester, mais cet ami qui me tracasse tant, appelons-le Rémi, a essayé de me manipuler. Je vis Rémi se mirer sur le sol, ce que je ne trouvais déjà pas très harmonieux, et quand il me vit il me sauta dessus, puisque j'étais à sa portée. Il me dit :
— Puisque tu arrives à te mettre dans les bonnes vibrations et à les attirer, j'aimerais que tu me montres.
— Ça ne se fait pas comme ça. Ça se travaille et ça peut prendre parfois beaucoup de temps avant de trouver la bonne fréquence.
Et pendant que je lui parlais, je le voyais prendre des notes.
— Qu'est-ce-que tu écris ?

— Je me souviens mieux quand je prends des notes.

— Attention, car il suffit d'une fausse note et l'harmonie n'y est plus.

Alors quand j'ai fini de lui expliquer en détail toutes les subtilités pour trouver l'harmonie, je lui demande :

— Tu es sûr que tu as toutes les notes ?

— S'il m'en manque une, tu pourras me la donner. Je me baserai sur ta fréquence pour trouver la mienne. Tu seras mon étalon.

Je le voyais venir, il voulait faire de moi son instrument.

— Il n'en est pas question ! Il faudrait d'abord que je te donne mon accord !

— Bien sûr. Si on s'accorde, on s'entendra mieux. C'est normal entre amis non ?

— Tu veux mon accord pour que je te donne la note ? Tu n'essayerais pas de me faire chanter ?

— Je veux juste que tu me montre la voix.

— Ah oui, je connais la chanson. Ça commence par une note et ça finit en fanfare. Je ne peux pas faire plus que ce que je t'ai déjà dit. C'est à toi de trouver ta voix et ta propre fréquence. Il ne faut pas aller plus vite que la musique.

Il avait l'air déçu. Vous savez, cet air qui se met dans la tête jusqu'à se voir sur le visage. Enfin quoi, je n'ai pas chanté et il a déchanté. On n'était pas sur la même longueur d'onde. Et vexé il m'a traité de tous les noms.

Alors maintenant on ne se voit plus. C'est fou : c'est de m'avoir écouté qu'on ne s'entend plus. C'est quand même un comble.

Bref, ce problème d'accord mineur n'est pas exceptionnel et on ne peut pas être en harmonie avec tout le monde. Quant à moi, je me laisse porter par la mélodie et ce que j'aime c'est me laisser bercer par tout ce qui me fait vibrer.

Damien Khérès

Des chiffres et moi !

Dernièrement, je ne me sentais pas très bien, j'accumulais les maux. Alors je suis retourné voir mon médecin.
— Vous voilà encore !... me dit-il en me voyant.
— Oui docteur, mais j'attrape tout en ce moment, toutes les maladies qui traînent elles sont pour moi. Regardez, je me suis encore cogné en faisant un malaise.
— Vous n'êtes pas malade ! Vous êtes hypocondriaque !
Hypocondriaque, en voilà un terme médical pas très rassurant. Et ça ressemblait plutôt à un terme mathématique dans le genre : « si deux polygones différents sont inscrits dans le même cercle alors on dit qu'ils sont hypocondriaques ». Ça sonnait bien. Mais non. Je n'ai pourtant pas la bosse des maths. Ou bien je me suis cogné très fort.
— Et c'est grave docteur ?

— C'est à vous de voir.

— Justement docteur, en parlant de voir, c'est étrange mais je vois des chiffres partout.

Et c'est vrai que je voyais des chiffres partout, partout où je regardais. Des suites de nombres infinies se déroulaient et défilaient devant mes yeux. Tout n'était que chiffres.

— Allons bon, vous me refaites encore votre numéro ?

— Je ne me permettrais pas, je suis bien trop rationnel pour croire à ce que je dis. Mais j'ai l'impression que les chiffres veulent me dire quelque chose et les chiffres ça ne trompe pas.

— Vous savez, les chiffres, on peut leur faire dire ce qu'on veut. Si vous avez quelque chose à dire, pour appuyer vos propos vous n'avez qu'à donner des chiffres et tout le monde vous croira.

— Oui mais moi je n'ai rien à dire, ce sont les chiffres qui veulent me parler et personne ne me croit.

— C'est que vous prenez le problème à l'envers. Et vous dormez bien ?

— Fort heureusement. Quand les chiffres sont couchés, le nombre dort et je peux me reposer.

— Si ce problème s'est présenté aussi brutalement, il finira bien par repartir si vous parvenez à le comprendre.

Il en avait de bonne. Je ne pouvais décemment pas ignorer tous ces chiffres à moins de renoncer à voir. Alors je les additionnais dans ma tête, je les multipliais, je les soustrayais entre eux. Mais ces opérations de l'esprit ne donnaient pas de bons résultats, si ce n'est de me filer de grosses migraines. Avec toutes ces données qui se présentaient à moi, j'avais beau faire tous les traitements possibles, les retourner dans tous les sens, je ne trouvais pas de solution.

Puis un jour, une fulgurance. Je trouve enfin la bonne formule et je m'en vais avertir mon médecin :
— J'ai compris docteur ! C'est un code, je l'ai déchiffré et depuis que je l'ai déchiffré les chiffres ont disparu.
— Ah. Et qu'avez-vous compris ?
— Tout. Les secrets de l'univers, depuis que l'univers se créé.
— C'est une sacrée découverte. Et ça créé une amélioration de votre état ?
— Ah je vais beaucoup mieux oui, sauf que maintenant je vois des lettres partout. Mais tout va bien rassurez-vous car depuis, je n'ai plus de maux et je vois la vie en prose !

L'homme au masque de vers

L'homme au masque de vers
Dont l'artifice est fendu
Laisse passer la lumière
Jusqu'à le mettre à nu.

La poésie est son arme
Qui le protège du monde,
L'encre de ses larmes
Des impressions fécondes.

Quoi de plus solide
Si ce n'est la nature
Pour contenir ses rides
Que dévoiler son art mûr.

Seul son cœur le guide et inspire ses ardeurs,
Lui seul sait comment parfaire ses gammes.
Dans le chemin de sa musique intérieure
Son être respire dans le souffle de son âme.

Damien Khérès

Le sens de la vie

À ceux qui se demanderaient quel est le sens de la vie, je dirais qu'il n'y a pas pléthore de choix. En effet, soit on avance, soit on recule. Et il est quand même très difficile de reculer, voire impossible. Comme le temps. Et comme le temps avance, on avance avec son temps. Ce n'est que du bon sens. Donc le sens de la vie c'est aller de l'avant, même si on va vers l'après. Oui, car si vous allez vers avant, vous laissez l'après loin devant. Et après, l'avant reste à l'arrière et l'après à l'avant, et vous au milieu, sans savoir où est l'avant ni où est l'après. Alors que l'après est tout près et que l'avant, c'est-à-dire avant l'après, est derrière.

Alors le sens de la vie est naturellement d'avancer. C'est un sens unique. Sinon, ça n'a pas de sens. La vie a un sens mais la vie n'a pas de prix. Alors imaginez qu'il y ait plusieurs sens à la vie. Quel serait le prix des sens ? Il augmenterait sans arrêt, sans doute, et ça ne permettrait pas d'aller plus loin ! Car on ne peut pas aller plus vite que le temps qu'il faut pour avancer, enfin si, en courant, mais ça ne servirait à rien. Si vous courez, c'est que vous fuyez quelque chose, et de toute façon la vie finit toujours par vous rattraper. Et quand elle vous rattrape, mieux vaut la regarder en face. Sans quoi elle risquerait de se vexer et de vous le faire payer. Et au prix fort ! Ce qui peut vous coûter très cher.

La vie n'a pas de prix mais y'a des limites ! À la limite, si vous voulez à tout prix aller plus vite, prenez un raccourci. Mais vous ne changerez pas de sens. Vous pouvez faire des détours mais vous ne pouvez pas changer de sens.

Alors est-ce-que la vie a un sens ? C'est celui que vous prenez, ça tombe sous le sens !

Damien Khérès

Le hasard fait bien les choses

J'ai vu récemment quelqu'un qui parlait de la chance, un spécialiste, qui disait que la chance existait. La chance existe !...

Alors je me suis penché sur la question, et je me suis tellement penché sur la question que j'ai fini par ramasser un trèfle à quatre feuilles. Ça commençait bien !

Après l'avoir ramassé, j'ai creusé et sans aller très profondément j'ai pris conscience que j'étais une preuve que la chance existe. En fait, je me suis rendu compte que l'existence-même de l'homme était un énorme coup de chance. Il y a des scientifiques qui ont étudié les probabilités et ils ont défini quelle chance on avait de pouvoir exister aujourd'hui. Je ne vais pas vous donner le nombre car de toute façon il est impossible à écrire en entier tellement il est long. Il est astronomique. Ce nombre est surréaliste, c'est vous dire si c'est réaliste !

Si on comparait ce chiffre à la chance qu'on a de gagner au loto, c'est comme si je gagnais le gros lot des millions de fois de suite. Si ça ce n'est pas de la chance !

Imaginons un instant que je gagne des millions de fois de suite au loto. Qu'est-ce-que diraient les gens ? Déjà la première fois ils diraient que j'ai une chance insolente, ça c'est sûr. À la deuxième, ils diraient que j'ai vraiment une chance de cocu. À la troisième, je les entends déjà dire : « le hasard s'acharne », « c'est injuste d'être aussi chanceux », « il a un truc » avec toute la violence de la jalousie qui va de pair. Alors au bout de la quatrième fois, ils ne seraient pas dupes, on me mettrait probablement au trou pour tricherie. Alors gagner des millions de fois ! On ne me laisserait sûrement pas aller au bout de ma chance. C'est bien le problème de nos jours, on ne laisse pas assez la chance. Quand on vous la donne, on vous la reprend aussi sec.

Par conséquent, si j'ai triché au loto on peut se demander qui a triché pour l'homme. C'est Dieu ? Moi, on ne me laisse pas gagner au loto des millions de fois de suite mais Dieu lui il se permet tout ! La chance existe mais on n'a pas tous la même visiblement. Cela dit, pour la chance de Dieu, on en profite un peu tous puisqu'on est là. On est tous le fruit de la chance de Dieu. Heureusement que Dieu ne joue pas au loto !

Nous sommes le fruit de la chance et puisque la chance est due au hasard, nous sommes tous quelque part le fruit du hasard, et tout ce qui nous entoure également. L'univers n'est donc régi que par le hasard. Nous voilà dans de beaux draps ! Et la science serait donc là pour tenter d'étudier de façon précise le hasard, formules à l'appui ? Non, ça ne tient pas debout.

Je n'aurais jamais dû me pencher sur la question. Se pencher sur quelque chose qui ne tient pas debout, c'est comme courir avec une béquille, ça ne mène pas bien loin. Je vais plutôt aller m'acheter un ticket de loto et prier la chance afin que son règne vienne. Amen !

Mot d'esprit es-tu là ?

« Mot d'esprit es-tu là ? ». Vous connaissez cette fameuse phrase de Paul Carvel ? Alors un jour, reprenant cette phrase, j'ai tenté l'expérience. Je me suis installé chez moi sur un petit guéridon, j'ai allumé une bougie et j'ai dit à haute voix : « Mot d'esprit es-tu là ? ».

Pas un mot.

Alors reprenant plus fort : « Mot d'esprit es-tu là ? ».

Aucun mot ne venait.

Je me suis dit qu'il fallait que j'y mette un peu plus de conviction. Je répétai encore une fois et encore plus fort pour être sûr d'être entendu : « Mot d'esprit es-tu là ? ».

Et là, tout à coup, j'entendis taper.

Trois coups.

Poum. Poum. Poum.
C'était l'esprit du voisin.
M'adressant à lui :
— Vous êtes là ?
— Non, je suis de l'autre côté du mur.
— Ah, vous traversez les murs ?
— Non, mais j'entends. Les murs ont des oreilles.
— Votre esprit est de l'autre côté mais vos mots sont ici, je les entends. C'est incroyable !

Stupéfiant ! Je l'entendais, dans cette pièce, mais son esprit était ailleurs. Moi qui ai toujours rêvé de connaître ce qu'il y avait de l'autre côté, j'avais là une occasion de le savoir.

— Et qu'y-a-t-il de l'autre côté ? Êtes-vous dans la lumière ?
— Non, j'essaye de dormir.
Ce doit être ce qu'on appelle le repos de l'esprit.

Alors c'est ça ce qui nous attend ? Le sommeil éternel ? J'hésitai à poursuivre la conversation car il n'est pas bon de réveiller les esprits. Mais après tout, s'il m'a parlé c'est qu'il était déjà réveillé. Et à quel esprit avais-je affaire ? Un esprit maléfique ? Ou un esprit sain ?

— Esprit, dans quel état êtes-vous ?
— Je suis las. Je dors.

Tiens, il s'était endormi et continuait toutefois à me parler. Soit je n'avais pas compris ses dernières paroles, soit c'était un esprit de contradiction.

— Esprit es-tu las ?
— La paix !
Un ange passa.

L'esprit faisait la tête alors qu'on sait très bien qu'un tel esprit n'a pas de tête. Il faudrait dire l'esprit sans tête. Et le mien aussi d'ailleurs. En quête de réponses, mon esprit s'entête. Alors pour la paix de l'esprit je n'insistai pas. Je ne voulais pas le mettre dans une situation inconfortable au risque d'en faire un esprit tordu.

Mais tout à coup, j'entendis taper à ma porte.
Trois coups.
Poum. Poum. Poum.
— Esprit es-tu là ?
— Ouvrez !
Alors j'ai ouvert mon esprit et je l'ai laissé rentrer.
Et à partir de ce moment-là, vous n'allez pas me croire mais je ne me souviens plus de rien.
Le trou noir.
Tout s'était évaporé. Je regardais autour de moi. Personne. Ou plutôt, pas d'esprit. Rien ! J'avais perdu l'esprit. Et quand j'ai retrouvé les miens, j'ai alors ressenti de terribles maux de tête. Et vu l'état de ma tête, j'en suis arrivé à la conclusion que j'avais eu affaire à un esprit frappeur. Et quand enfin, j'ai cru me le sortir de l'esprit, je demandai à ma tête : « Maux d'esprit êtes-vous là ? »

Damien Khérès

À livres perchés (acrostiches)

Lisez-moi

Attraper les lettres au vol,
Les faire danser sur papier,
Imaginez ma passion folle,
Vous ne pourrez que m'apprécier !

Regardez valser ces mots
En un poème en acrostiche.
Si vous le trouver beau,
Peut-être même un peu riche,
Évitez tous les vilains prétextes,
Restez jusqu'à la fin de ce texte.

Car quoiqu'en disent les rumeurs,
Homme je le suis et je le reste,
Et moi aussi j'ai mes humeurs
Si mes vers me contestent.

Sérénité

Aujourd'hui mes envies sont saines,
Languir et demeurer en paix,
Inonder de vie toutes mes peines,
Vivre dans la plus simple réalité.

Rien n'est vraiment facile
Et rien n'est jamais gagné,
Surtout dans ce monde futile
Pour se sentir aimé.

En cherchant bien on trouve,
Réussir son bonheur se prouve.
Car quoiqu'en disent les rumeurs,
Haine et violence se meurent,
Et la quiétude ouvre sa voie
Si vous y croyez comme moi.

Damien Khérès

L'enfer du jeu

— Mais bon sang, à quoi tu joues ?
— Je joue à celui qui joue le jeu.
— Et le jeu en vaut-il la chandelle ?
— Ça dépend si tu la brûles par les deux bouts.
— Tu ne joues pas avec le feu ?
— J'aurais peur de me brûler les ailes.
— C'est le jeu !
— Alors je ne joue plus ! Mais bon sang, de qui tu te fous ?
— Je me fous de celui qui fout le feu.
— Et le feu mérite-t-il qu'on se brûle les ailes ?
— Ça dépend si tu joues à te tenir debout.
— Tu ne brûles pas d'envie de jouer ?
— J'aurais peur de jouer avec ma vie. C'est un jeu fou !
— Alors c'est que tu brûles les étapes. Car le feu se joue !

Et un troisième :

— Pourquoi criez-vous ?
Le premier :
— Je crie au feu !
Et le second :
— Et moi je crie au jeu !

Alors le troisième se met à penser : « Que vaut la folie du jeu devant un joli feu ? Un jour de jeu se compare-t-il à un feu du four ? Quand le feu se meurt pour un fou d'amour, changez plutôt le jeu d'humeur en un jour d'humour ».

Damien Khérès

Scène de ménage

La langue française évolue tout le temps. Elle s'adapte au monde et à son environnement. Et certaines appellations ont d'ailleurs été créées pour faire joli et pour faire plaisir à ceux cachés derrière ces appellations. Par exemple, pour les handicaps, on ne dit plus « aveugle » mais « non-voyant » ou encore « mal-entendant » au lieu de « sourd ». Même si ça ne se voit pas, ça s'entend et tout ce qui s'entend se ressent, du coup je suppose que les handicapés se sentent mieux à l'évocation de leur handicap. Enfin, façon de parler, ça ne leur rendra sûrement pas la vue, ni l'ouïe. C'est le cas de certains métiers aussi, on ne dit plus nounou mais assistance maternelle, ça fait plus sérieux je suppose.

Tiens, ça me fait penser à un ami, qui avait eu un ticket avec une hôtesse de caisse, ou plutôt une caissière. Ça n'avait pas tenu, elle est partie avec son argent. Mais il avait rencontré aussi une technicienne de surface. Il avait été impressionné par le titre de son métier sans savoir en quoi il consistait.

— Je travaille à l'opéra. On m'appelle la star du balai, lui avait-elle dit.

Alors lui ébloui :

— Ah vous êtes un petit rat d'opéra ?

Et elle vexée :

— Il n'y a pas de rat dans mon opéra. J'ai du métier vous savez, et de l'expérience. Avant je faisais le parquet au ministère, c'est vous dire.

— Et vous vous faisiez appeler maître ?

— Maître en la matière certainement. Grâce à moi le parquet était brillant.

— Vous deviez avoir beaucoup d'influence. Et pourquoi êtes-vous partie ?

— Ils ont remplacé le parquet et donc plus rien à cirer.

— C'est courageux. En tout cas vous avez su rebondir, ce qui n'est pas évident depuis le parquet. Et pourquoi l'opéra aujourd'hui ?

— C'est plus proche de chez moi.

— Mais vous aviez forcément des aptitudes particulières pour changer si facilement ?

— Non je ne crois pas, mais j'aime bien dépoussiérer et y'a de quoi faire à l'opéra.

— Oui en effet, c'est une vieille institution qui mérite d'être un peu modernisée je suppose.

Il avait grandement apprécié ses talents et ses capacités d'adaptation hors du commun. Il s'était alors mis en ménage avec elle. Entre-temps, il avait évidemment découvert son véritable métier, de technicienne, en surfaces, car au fond ce n'était pas le plus important.

    Malheureusement, au bout d'un certain temps, leur relation était sur le déclin. Elle lui passait régulièrement un savon et il se sentait écrasé par cette femme. Victime d'une dépression, il fut littéralement réduit en poussière.
    Alors elle, comme elle était encore attachée à lui, elle ne pouvait pas se résoudre à l'aspirer, et pourtant dieu sait qu'elle ne supporte pas la poussière.
    Par conséquent, pour éviter qu'il ne s'éparpille et qu'il n'aille voir à droite et à gauche, elle le ramassait tous les jours à la petite cuillère afin de le rassembler en un petit tas. Le problème c'est que quand elle recevait des amis chez elle, tout était nickel, sauf ce petit tas de poussière, dans un coin du salon. Ça faisait mauvais genre, et en plus, ça salissait sa réputation.

    La rigueur et la poussière n'ont jamais fait bon ménage. Alors n'en pouvant plus, elle jeta l'éponge et d'un coup de balai elle le sortit de sa vie.
Anéanti, il trouva la force de saisir l'éponge et pour nettoyer ce qu'il restait de lui, il passa l'éponge. Au lieu de lui faire mordre sa poussière, il lui avait pardonné et c'est ce qui lui permit de rassembler ses esprits et de renaître de ses cendres, ou plutôt de ses poussières puisque c'était tout ce qui restait de lui à ce moment-là.

Tout cela est derrière lui aujourd'hui et il en ressort plus fort. Cette histoire fait désormais partie du passé. C'était il y a deux ans, et des poussières....

Damien Khérès

À chacun son fardeau

J'ai rencontré une personne qui avait réponse à tout. Il dispensait ses conseils à tout-va et parfois il suffisait d'une phrase pour qu'une personne qui allait mal réalise, prenne de la distance avec son problème et agisse en fonction, pour aller mieux. Il m'avait alors donné quelques exemples frappants.

Un serrurier qui avait été mis sous les verrous s'était depuis enfermé dans une prison mentale. Pour lui, il était nécessaire d'aller chercher au fond de lui pour trouver la clé car lui seul était la clé pour se sortir de la prison qu'il s'était lui-même créée.

Un jardinier pas cultivé et sans un radis se sentait plus bas que terre. Il devait chercher à voir le positif en chaque chose pour semer les graines de l'optimisme et en récolter les fruits qui attireraient à lui du positif en retour, et une autre vision de sa vie.

Un archéologue traumatisé était tombé sur un os en fouillant son passé. Un secret tapi dans l'ombre fait mal aux yeux quand il retrouve la lumière et il avait eu à révéler sa découverte pour se sentir plus léger.

Un peintre qui ne pouvait pas se voir en peinture avait payé une fortune pour se ravaler la façade. Il était important pour lui d'aménager son intérieur plutôt que son extérieur car c'est finalement à l'intérieur qu'on vit le plus souvent.

Un magicien qui se nourrissait d'illusions avait du mal à voir la réalité en face. D'un coup de baguette, il pouvait cependant faire disparaître sa mauvaise humeur et la magie pouvait ainsi devenir sa réalité.

Un poète, de mauvaise mine, sentait que sa vie ne rimait à rien. Jusqu'à ce qu'il réalise que le don à la base de ses rimes est le sens même de sa vie, sa mission, faite de poésie et de transmission.

Un menuisier payait avec des chèques en bois pour des choses qui ne valaient pas un clou. À son sentiment de manque pour le matériel, il lui avait manqué l'essentiel : une bonne assise émotionnelle pour faire table rase des sentiments en bois.

Un athlète qui courait après la gloire avait constamment le revers de la médaille et des sauts d'obstacles de plus en plus nombreux. Mais rien ne sert de courir et peu importe la médaille car l'important c'est le chemin parcouru.

Un professeur d'université qui n'avait plus toutes ses facultés employait un langage très peu académique. Vieillir était son fardeau et apprendre à l'accepter était une épreuve qu'il devait réussir.

Un nageur se noyait dans les obligations et ne pouvait plus sortir la tête de l'eau. Il faut parfois toucher le fond de la piscine avant de pouvoir remonter et si on a la foi on peut même aller jusqu'à marcher sur l'eau.

Quant à moi, en manque d'inspiration, je n'avais plus rien à écrire. Alors j'ai imploré le ciel et mon stylo m'a répondu.

Un esprit libre

L'autre jour, je me suis endormi, très profondément. Et je me suis réveillé au beau milieu de la cuisine. J'étais pourtant persuadé être dans ma chambre.

Tout à coup, j'entends une voix :
— Je suis ton guide.
— Ah, vous tombez bien. Guidez-moi jusqu'à ma chambre je vous prie.
— Vous y êtes déjà.
— Comment ça j'y suis déjà ? Je suis ici, dans la cuisine. Je ne peux pas être dans ma chambre puisque je suis là et si je suis déjà dans ma chambre je ne peux pas être ici. On ne peut pas être au four et au moulin.
— Votre esprit est ici mais votre corps est toujours dans votre chambre.
— J'avoue que j'ai quelques problèmes en ce moment et qu'il m'arrive d'avoir l'esprit ailleurs mais là

quand même c'est un peu fort ! Que fait mon esprit dans la cuisine si mon corps est dans ma chambre ?

— Si vous vous êtes couché le ventre vide, vous aviez probablement une petite faim et votre esprit est alors venu jusqu'ici.

— Alors pendant que mon esprit explore le frigo et le mange des yeux, mon corps est en train de saliver tout seul dans mon lit ? Mon esprit peut se balader ainsi à sa guise ?

— Bien sûr. Vous pouvez voyager où bon vous semble.

— Dans une autre pièce par exemple ?

— Bien plus loin. Votre corps a ses limites mais votre esprit n'en a pas. Vous pouvez même aller au-delà de votre univers.

— Et que va dire mon corps si mon esprit n'est plus là ?

— Rien. Il dort.

— Mon esprit s'aventure donc à corps perdu, dans les couloirs de l'espace pendant que mon corps y dort ?

— Oui. Par contre, je vous conseille de ne pas voyager trop loin ni trop longtemps. Il n'est pas bon de laisser son corps longtemps sans surveillance.

— Ah. Qu'est-ce-que je risque ?

— Si vous avez l'esprit libre, vous prenez le risque qu'un autre esprit s'accapare votre corps.

— Et que deviendrai-je ?

— Un esprit errant, à la recherche d'un autre corps.

— Mais je ne veux pas d'un autre corps. Je veux garder le mien. Je ne veux pas d'un autre esprit dans mon corps ni d'un autre corps pour mon esprit. Je veux mon corps !

— Vous pouvez y retourner quand vous voulez.

— Et je me souviendrai de cette discussion ?

— Si c'est le cas, vous aurez l'impression que c'est un rêve et celui-ci se dissipera quelques minutes après votre réveil.

— Vous voulez dire qu'on ne se souvient jamais de nos voyages ?

— Pas toujours. Mais si vous vous réveillez fatigué c'est que votre corps s'en souvient.

Alors mon esprit libre est allé se recoucher, et mon corps a retrouvé mon esprit. Heureusement pour moi mon corps était inoccupé et comme il dormait je n'ai eu aucun mal à le récupérer.

Damien Khérès

Le prix du silence

Il y a quelque temps, j'ai un voisin qui a gagné une grosse somme d'argent. Il avait tellement d'argent désormais qu'il en jetait par les fenêtres. Alors quand je passais sous ses fenêtres j'en récoltais toujours quelques poignées. Et comme je passais régulièrement sous ses fenêtres j'avais fini par acquérir un petit pécule.

Je me gardais bien de le dire aux autres voisins ni même d'en parler à mon entourage, ils auraient probablement essayé d'en profiter. Et moins j'en disais, plus j'en récoltais. J'avais fait vœu de silence et comme le silence est d'or je m'enrichissais. C'était le prix du silence.

Jusqu'au jour où il n'y eut plus rien à ramasser.
Plus d'argent sous les fenêtres du voisin.
Sa femme qui n'était pas au courant a finalement découvert pour les fenêtres et du coup elle l'a mis à la porte.

Et moi je continuais à venir sous ses fenêtres, au cas où.

Alors, me voyant passer tous les jours sous ses fenêtres, elle se mit en tête que je venais lui faire la cour, et elle m'ouvrit sa porte. Mais comme j'avais fait vœu de silence, je n'ai pas pu lui expliquer sa méprise, alors je suis entré par sa porte.

Au bout d'un moment, je me suis quand même décidé à lui parler et j'ai du tout lui avouer. J'avais brisé mon vœu de silence.

Pour faire taire sa contrariété ainsi que pour garder le secret, car certaines personnes se demandaient encore comment j'avais amassé tout cet argent, je lui achetais son silence. Il fallait que ça reste entre nous, c'était devenu notre loi du silence.

Mais ça commençait à me coûter une certaine somme. Je devais trouver plus d'argent. Quant à celui que j'avais déjà, je le laissais dormir. Il en avait déjà fait bien assez.

Ainsi, mon argent dormait et c'est quand l'argent dort qu'il travaille le plus. Et il travaillait de plus en plus. Alors je gagnais de plus en plus et comme je gagnais maintenant beaucoup d'argent j'ai arrêté de travailler. L'argent le faisait pour moi. Et moi je me suis mis à dormir.

Bientôt l'argent coulait à flot. Je ne me levais que pour payer le silence de ma femme, celle qui avait été la femme de mon voisin, c'est à dire l'ex-femme de mon ex-voisin puisqu'elle n'était plus sa femme mais la mienne et qu'il n'était plus mon voisin.

Jusqu'au jour où je me suis rendu compte que pendant que je dormais elle jetait l'argent par les fenêtres. Alors je l'ai mise à la porte.

Un moment d'égarement

À ce moment-là, je ne savais plus où j'étais, ni ce que je faisais. Beaucoup de questionnements emplissaient ma tête, je ne savais plus quoi faire. J'étais perdu.

Alors à court d'idées, je décidai de me rendre aux objets trouvés :

— Vous avez perdu quelque chose ? me demande-t-on.

— Non, rien.

— Alors que faites-vous ici ?

— Je me suis perdu. C'est moi qui suis perdu.

— Ici c'est principalement les objets vous savez.

— Justement, là c'est moi l'objet de ma perte.

— Si vous êtes un homme objet, je comprends que vous puissiez vous perdre. Et vous souhaitez vous retrouver ?

— Ce serait bien aimable.
— Vous vous cherchez depuis longtemps ?
— Depuis toujours.
— Vous pouvez peut-être vous ramener à un proche, à un membre de votre famille par exemple.
— Je n'oserais pas. La dernière fois que j'ai vu ma famille, ils m'ont dit de ne plus la ramener.
— Alors partez en vacances, c'est le meilleur moyen de se retrouver. Et je verrai ce que je peux faire de mon côté.

Suivant ses conseils, j'ai pris congé, je suis parti loin et c'est ainsi que je me suis rendu compte que je ne m'étais pas cherché au bon endroit.

Entre-temps, on avait lancé un avis de recherche sur moi. Comme j'étais perdu et que j'avais demandé de l'aide, on essayait de me trouver. Alors quand je suis rentré de vacances, la police m'a arrêté à la frontière et puisque j'étais recherché, je me suis rendu et on m'amena au commissariat.
— Maintenant qu'on vous a trouvé, vous n'êtes plus recherché.
— Merci. Je me suis cherché longtemps moi-même et je viens de me retrouver.
— À qui devons-nous vous ramener ?
— À moi.
— Vous ramenez toujours tout à vous ?
— Oui quand il s'agit de moi.
— Y'a-t-il quelqu'un à prévenir ? La personne à l'origine de votre avis de recherche ?

— C'est moi. Et me voilà prévenu. Merci.
— Si je comprends bien, vous vous êtes d'abord déclaré perdu et vous êtes parti loin ensuite. Vous n'auriez pas quelque chose à vous reprocher ? Vous fuyez quelque chose ?
— J'avais tendance à me fuir mais maintenant que je me suis retrouvé je n'ai plus aucune raison de me perdre.

Le policier m'a finalement relâché, me laissant à mon propre sort.
Ce que je ne lui ai pas dit, c'est qu'avant que je parte loin, j'étais complètement perdu et là-bas je n'étais plus qu'à moitié perdu car je m'étais un peu retrouvé. Et là, j'ai trouvé ma moitié, celle qui me manquait, faisant de moi quelqu'un d'entier désormais, dans l'unité du couple.
Alors en sortant du commissariat, je me suis empressé de rentrer chez moi retrouver ma moitié grâce à qui je ne suis plus perdu.

Damien Khérès

À coup de rêves

Ces derniers temps, je me suis mis à rêver, tous les jours. Enfin plutôt toutes les nuits. Toutes les nuits, je faisais un rêve. Si bien qu'au bout d'un moment, comme je rêvais souvent de la même chose, je me suis mis à demander ce à quoi je voulais rêver avant de dormir. Avant de me coucher, j'émettais un souhait, comme si je commandais le rêve que je voulais faire la nuit-même. Et tous mes rêves se réalisaient ! Quand je demandais de voler, je rêvais que je volais et que je survolais le monde. Quand je demandais de parler aux animaux, je me rêvais druide entouré d'animaux.

Mais à force, je ne savais plus quoi demander alors j'inventais des rêves de plus en plus farfelus. Et ils se réalisaient aussi ! J'ai rêvé que je faisais construire un mur entre deux pays pour remplacer une frontière, j'ai rêvé que j'étais très riche et que tous les médias m'appartenaient, j'ai rêvé que je me battais pour un téléphone dans un supermarché pendant les soldes, j'ai rêvé que j'envoyais la flamme olympique dans l'espace…

Tout ça évidemment frisait le ridicule mais je ne savais plus quoi inventer.

Et puis, je ne voulais plus rêver car je désirais désormais dormir tranquille, avoir un vrai sommeil, calme, serein et sans perturbation onirique. Du coup, je rêvais que je dormais. Et j'avais du mal à me réveiller. Je ne me réveillais que parce que j'avais faim et qu'il fallait que je mange. Quelle perte de temps ! Alors je décidai de rêver que je mange quand j'avais faim, pour gagner du temps. Par conséquent, je dormais beaucoup plus longtemps, plusieurs jours de suite.

Ça a duré quelques mois jusqu'à ce que j'en aie marre. Je ne voulais pas attendre cent ans qu'une princesse veuille bien me réveiller par un baiser. J'avais finalement besoin de rester dans le concret, vivre mes rêves plutôt que de rêver ma vie.

Maintenant que j'avais fait une bonne cure de sommeil, j'avais plein d'énergie et du sommeil à revendre. Alors je suis devenu marchand de sommeil, mieux encore, je vendais du rêve.

Mais bientôt les anges s'en sont mêlés. Je leur prenais leur boulot et comme ils le faisaient gratuitement, la concurrence était trop déloyale pour ma petite entreprise.

Alors que je cherchais une autre voie, quelqu'un passa devant moi à toute vitesse : « je suis ton rêve ». Et il disparut.

Quelque temps après, rebelote : il passa à nouveau très vite en disant « je suis ton rêve ». Et régulièrement je le voyais passer précipitamment devant moi avant de disparaître. « Je suis ton rêve », « Je suis ton rêve »... continuait-il de répéter. Il passait si vite que je ne pouvais même pas le toucher du doigt.

Et puis, tout à coup, j'entendis une voix me parler. Moi qui cherchais ma voie, ça tombait à pic. Cette voix me dit : « accroche-toi ! ».

Alors la fois d'après, quand mon rêve, enfin plutôt celui qui passait et repassait sans arrêt en se disant mon rêve, arriva à mon niveau, je l'attrapai et m'y accrochai. Je me suis accroché à mon rêve et je ne le lâchais plus. Il s'est mis à me promettre plein de belles choses et comme je ne lâchais plus je pouvais voir toutes ces belles choses. C'était magnifique. Il avait une allure folle et certains s'en inquiétaient : « lâche-le, ça va trop vite pour toi » ou encore « c'est dangereux, tu vas tomber ». Mais moi, je tenais bon.

Du coup maintenant, je vis à fond et j'ai arrêté de courir derrière mon rêve depuis que je m'y suis accroché.

Du même auteur :

Chroniques humoristiques
- *Ab'Errances Verbales*, ISBN 978-2-322-04260-9, éditions BOD, 2016

Poésie
- *Vers Soufflés*, ISBN 978-2-322-03386-7, éditions BOD, 2013
- *Mots d'esprits*, ISBN 978-2-810-60428-9, éditions BOD, 2010
- *Brouillon(s) de vie(s)*, ISBN 978-2-304-02024-3, éditions Le Manuscrit, 2008

Nouvelles
- *Chassés-croisés*, ISBN 978-2-810-62348-8, éditions BOD, 2012

Roman
- *Au-delà des lettres*, ISBN 978-2-810-61970-2, éditions BOD, 2018

Site internet de l'auteur : **www.damienkheres.com**